La vengeance d'Arnaud

© Éditions Flammarion, 2006.
87, quai Panhard et Levassor - 75647 Paris cedex 13

BERTRAND SOLET

La vengeance d'Arnaud

Castor Poche Flammarion

Édouard III, roi d'Angleterre, revendique le trône de France. Ainsi commence cette très longue guerre qu'on nommera plus tard la guerre de Cent Ans.

Voilà vingt ans qu'elle dure et elle a mal commencé pour les Français : le roi de France, Jean le Bon, a été fait prisonnier lors de la désastreuse bataille de Poitiers ; il a été remplacé par son fils, le Régent, un jeune homme sans expérience.

En ce moment une trêve existe entre les combattants. Cela n'empêche pas les troupes de mercenaires au service des Anglais, appelées les grandes compagnies, de ravager les campagnes françaises pour leur propre compte. Les paysans, déjà écrasés d'impôts et de corvées, n'en sont que plus malheureux.

Paris est dirigé par Étienne Marcel, le prévôt des marchands, un homme énergique et populaire. Il s'est opposé à l'autorité royale et s'efforce d'obtenir une part de responsabilité dans la conduite des affaires du royaume. Au cours d'une émeute, des conseillers du Régent ont été tués, et le Régent lui-même a fui hors de la ville. Les nobles se rassemblent autour de lui.

Par malheur, Étienne Marcel a pour allié le roi de Navarre, Charles le Mauvais. Ce dernier a aussi rêvé d'être roi de France. Son entente avec Étienne Marcel ne l'empêche pas de comploter en secret, tant avec les Anglais qu'avec le Régent. Il cherche chez qui il pourra tirer le plus d'avantages, de l'or, des terres, des honneurs. Le prévôt se méfie tout de même : les soldats navarrais n'ont pas le droit d'entrer en ville, ils sont cantonnés dans les environs.

1. L'attaque des brigands

Perché au sommet du clocher, Arnaud s'immobilise. Ses yeux sont perçants, et il lui semble que les rayons de la lune se reflètent sur du fer, là-bas, au-delà des maisons et des pâtures, à l'orée de la forêt, cette longue masse sombre encerclant le village presque en entier.

Du fer, il ne peut s'agir que de casques ou d'épées...

Des bandes de brigands infestent la région de Beauvais, composées de mercenaires anglais ou navarrais* qui se moquent bien de la trêve décidée par les rois de France et

* Partisans du roi de Navarre, un Français possédant un petit royaume en Espagne.

d'Angleterre ; faute de mieux elles s'attaquent aux paysans, aux villageois, pillent, tuent, incendient, rançonnent. Une misère supplémentaire, s'ajoutant à bien d'autres.

Plus rien ; Arnaud pense qu'il a peut-être mal vu. Il cherche à se rassurer ; l'église est maintenant entourée d'un large fossé empli d'eau, de lourdes pierres sont entassées sur le toit, prêtes à écraser des agresseurs éventuels. On a abattu les palissades et nivelé les jardins pour agrandir les ruelles et laisser un plus grand espace entre l'église fortifiée et les maisons fragiles, couvertes de chaume.

Qu'ils y viennent, ces brigands, s'ils osent ! Le jeune homme sourit : non, tout de même pas, il vaudrait mieux qu'il s'agisse d'une fausse alerte.

Hélas ! Des silhouettes sortent à présent du couvert des arbres, bien visibles et reconnaissables, hommes d'armes casqués, portant des armures légères, et des épées en main.

Arnaud se redresse d'un bond, il hurle :

— Alarme !

En un instant, villageois et paysans des alentours, réfugiés dans l'église pour y passer la nuit, s'éveillent ; Arnaud entend les cris d'effroi, des hommes paraissent sur le parvis, entre le porche et le fossé, tête levée.

— Aux armes, crie-t-il de toutes ses forces, les brigands arrivent !

— Sont-ils nombreux ?

— Je n'en sais rien ! Chacun à son poste, amis !

En bas, l'agitation redouble, tandis que des jeunes grimpent en hâte rejoindre leur compagnon sur le clocher. Ils sont cinq ou six.

— Regardez.

La rangée de brigands s'est mise en marche. Chacun l'observe, la gorge nouée.

— On peut les arrêter, gronde Arnaud.

Thomas, le fils du forgeron, n'est pas monté les mains vides. Il porte une lourde arbalète, un carquois de flèches pend sur son dos. Les autres se serrent pour lui laisser la place dont il a besoin.

Thomas installe l'arme, prépare sa flèche. Il vise posément ; la nuit est claire, l'obscurité ne le gêne pas. Mais Arnaud l'arrête d'un mot :

— Attends !

Il explique : la flèche tirée risque de précipiter l'attaque ; les brigands, au lieu d'avancer posément, vont se mettre à courir. Or personne n'est encore en place sur le toit pour lancer les pierres ; mieux vaut gagner du temps.

Et voilà que la situation prend un tour inattendu :

— Les fous ! crie Arnaud.

Il vient d'apercevoir, sur le côté du bâtiment, la foule des villageois et des paysans qui a quitté son abri ; prise de panique, au lieu de se défendre, elle fuit, court vers le cimetière voisin en passant sur des planches jetées par-dessus le fossé.

Tous se pressent dans cette cohue, hommes, femmes, vieillards, enfants, sans parler des volailles épouvantées, portées sur le dos, les pattes liées ; certains se hâtent tant qu'ils glissent et tombent dans l'eau, d'où ils ne sont tirés qu'à grand-peine. D'autres rejoignent déjà le bétail laissé la veille au soir parmi les tombes ; ils tirent les animaux, les poussent vers les champs, cherchant à joindre la forêt protectrice, du côté opposé à celui où l'assaillant se présente. Les quelques vaches meuglent, les brebis bêlent d'une voix désespérée.

— Ils vont se faire massacrer !

— C'est plus fort qu'eux, répondent les jeunes. Ils ont peur et craignent de perdre les bêtes.

De dépit, Thomas lance tout de même son trait. La flèche vole dans les airs, atteint sa cible, un brigand s'écroule.

— Venez !

Les jeunes se dépêchent de quitter le clocher ; au même instant, le bourdon se met en branle, le curé sonne le tocsin pour prévenir ceux du château, le comte Louis, leur seigneur et maître ; le bruit là-haut devient intenable.

Il reste des hommes sous le porche, les plus résolus, qui ont essayé en vain d'arrêter la débandade des leurs.

— Qu'est-ce qu'on fait ? demandent-ils.

Malgré son jeune âge, voilà longtemps que chacun reconnaît à Arnaud une vivacité d'esprit et un sens pratique indiscutables. Sans parler de la vaillance. C'est pourquoi on s'adresse à lui.

Ils sont une vingtaine à l'entourer, les autres se sont enfuis. Même les parents d'Arnaud, et sa sœur Isabeau. Pourvu que les brigands n'aient pas encerclé le village. Peut-être ne sont-ils pas assez nombreux pour cela ? Le comte Louis et ses gens d'armes vont-ils arriver ?

— Alors, qu'en penses-tu ?

— Si vous êtes d'accord, on va essayer de protéger les nôtres en retenant les bandits sur place autant que possible. On devrait avoir bientôt du secours, pas vrai ?

Un élan généreux emporte les paysans. Ils

brandissent leurs armes, longues cognées de bûcherons, fourches, faux, simples gourdins ferrés. Le plus résolu est peut-être Thomas, car il songe à Isabeau qu'il aime en cachette.

— Allons-y !

Le groupe se précipite, lance à son tour des planches pour franchir le fossé. L'approche des brigands a été assez lente ; ils ont juste eu le temps de traverser la pâture, de s'infiltrer dans les maisons voisines, craignant un piège. Ils se rassemblent maintenant sur la place, face à l'église.

C'est là que la rencontre a lieu ; elle est rude. Les attaquants crient pour se donner du cœur au ventre. Ils ont pour eux la fougue, la fureur, l'envie de se battre ; les autres sont des soldats aguerris, habitués à parer les attaques, ils manient leurs épées en gestes instinctifs appris depuis longtemps, ils sont plus nombreux que leurs adversaires.

Qu'importe, certains tombent, des paysans aussi, hélas. Tout en faisant tournoyer son bâton, Arnaud s'aperçoit que Thomas est à terre, comme Colas, un laboureur.

Il faut pourtant tenir encore. Isabeau doit courir en ce moment, près de sa mère, toutes deux les robes retroussées sur leurs jambes nues. Et son père, le charpentier, arrive-t-il à suivre le rythme, avec son ventre lourd et le poids des ans sur ses épaules ? Oui, tenir encore un peu. Le bâton d'Arnaud heurte rudement le casque d'un ennemi qui chancelle. D'un grand coup de pied, le garçon l'expédie au sol ; il cherche alors un nouvel adversaire, le trouve sans peine.

L'homme est un colosse, brandissant l'épée des deux mains. Arnaud fait un bond en arrière afin d'éviter une lame qui allait le fendre.

Mais quelqu'un crie : « Retraite ! » et les paysans fuient à toutes jambes ; par bonheur les soldats les poursuivent à peine, pressés de piller le village et l'église. Ils se contentent d'achever les blessés. Thomas a juste le temps de murmurer « Isabeau » avant que la mort ne le prenne.

Arnaud a laissé son colosse ; il galope avec les autres, qui évitent les maisons, traversent les ruelles, s'engagent dans les champs vers la forêt, au même endroit que les fuyards de tout à l'heure. Il pense aux brigands et à ceux qui sont tombés, à son camarade Thomas, gentil et brave. Tout cela est trop injuste à la fin !

2. La colère

Tout naturellement, les rescapés se dirigent vers l'endroit de la forêt où se trouvent des cavernes dissimulées par des buissons. Elles servent d'abri aux villageois depuis les temps les plus reculés.

— Personne !

En effet, le lieu est désert. Il faut chercher ailleurs les fuyards de la nuit.

Arnaud sent une sourde angoisse l'envahir, l'absence des villageois l'inquiète : que s'est-il passé ? Ont-ils été arrêtés en route ?

Ils rebroussent chemin, retournent à l'orée du bois, en vue du village. Les brigands sont invisibles ; aucun signe non plus n'annonce la présence du comte Louis et de ses hommes d'armes.

— Faut voir ailleurs.

Ils repartent par des sentiers à peine tracés, fouillent les environs.

— Regardez !

L'herbe est écrasée de ce côté, des buissons ont des branches cassées. Par terre ils trouvent des objets perdus, un bonnet, une courroie... Le jour se lève, une pâle lumière commence à transpercer le couvert des arbres. Les leurs sont bien passés par là, ils ne peuvent être loin.

Les voilà, rassemblés dans une clairière, offrant un bien triste spectacle, effondrés, abattus. Certains sont étendus sur l'herbe, ensanglantés ; ils se plaignent, leurs proches s'efforcent de les soigner. Des hommes serrent les poings, debout, immobiles, comme dépassés par les événements ; des femmes pleurent, pressant contre elles les plus petits des enfants, essayant de calmer leur épouvante.

— Que s'est-il passé ?

Les villageois racontent : les brigands s'étaient divisés en deux groupes, l'un attaquant le village d'un côté, et l'autre guettant à l'opposé la fuite prévisible de ses habitants. Les malfaisants ont surgi en plein bois, tels des loups affamés.

— Il fallait rester dans l'église, se défendre, répète Arnaud, la voix douloureuse, les poings serrés.

Il se tait aussitôt, insister ne sert plus à rien.

— Arnaud !

Une jeune fille pousse un cri, se précipite. C'est Isabeau, sa sœur, blonde comme lui, la taille élancée, le visage fin couvert de larmes.

— Viens, oh ! Arnaud...

Elle se blottit contre sa poitrine, puis se dégage et le tire vers des corps allongés plus loin. Avec horreur, Arnaud reconnaît ses parents, les yeux clos, le visage paisible. Ils sont morts tous les deux.

— Ils cherchaient à me protéger, les brigands les ont frappés ici même.

Isabeau sanglote, sans pouvoir continuer son récit.

— Ils ont volé nos bêtes, les vaches, les chèvres, les pourceaux. Ils faisaient violence à ceux qui résistaient. Le petit de la voisine s'était mis à crier. Leur chef l'a fait taire d'un grand coup en pleine figure.

Celui qui parle maintenant est un moine, long, et maigre de la tête aux pieds, le menton pointu. Il se nomme Jean l'Étiré, son visage est sombre, car il est l'oncle d'Arnaud et d'Isabeau, et il vient de perdre son frère. Il ajoute :

— J'ai brandi ma croix, mais ces bandits sans foi ni loi n'ont point reculé. Pourtant ma robe d'Église a produit son effet, sans doute aussi ma fière allure : les brigands ne m'ont pas touché. Votre curé, lui, a été assommé en dépit de sa soutane...

Arnaud ne peut s'empêcher de hausser les épaules en écoutant le prêtre, bon comme le pain blanc, mais vantard comme pas un.

L'arrivée des nouveaux venus secoue la torpeur générale. Pleurer est tout à fait normal, mais maintenant il faut retourner au village, soigner les blessés, enterrer les morts, et surtout trouver à manger. La vie continue, la colère s'exprime :

— À parier que nos maisons sont vides.

— Ils ont tout pris. Comment nourrir les enfants ?

— Ma fille n'a plus qu'à s'en aller mendier en ville.

— Et personne ne nous a défendus, personne n'a bougé au château ! C'est au seigneur de défendre les siens. Où est le comte Louis ?

— Les nobles sont des lâches ; la preuve, c'est qu'ils ont fui à la bataille de Poitiers, même le dauphin s'est sauvé...

Arnaud n'écoute pas les récriminations qui montent. Son cœur lui fait mal, sa bouche est crispée, ses yeux brillent d'une sombre colère. Il attire son oncle à part :

— Jean, sais-tu qui nous a attaqués ? À quelle bande appartiennent ces brigands ?

— Difficile à dire. Mais leurs jurons n'étaient pas lancés en anglais.

— Des Navarrais alors ?

— Il y a des chances. J'ai vu un des leurs lever un pennon*. Il portait en son centre une flamme noire.

— Je veux les retrouver.

— À quoi bon ?

— Comment cela ? Ils ont tué mon père et ma mère, et tu me demandes à quoi bon ?

— Tant de pauvres gens meurent de nos jours sans savoir pourquoi.

— Je ne l'accepte pas ! Leur mort crie vengeance. Celle de Thomas et des autres aussi. M'aideras-tu ?

— Hum, d'accord, je t'aiderai. Oui, compte sur moi pour découvrir qui sont les assassins de tes parents, de mon pauvre frère. Je suis doué pour ce genre de recherches. Je sens les

* Petit drapeau triangulaire placé à l'extrémité d'une lance.

choses de loin, mes yeux ne laissent rien dans l'ombre.

À nouveau, Arnaud éprouve de l'agacement devant la vantardise habituelle de son oncle, vantardise qui lui avait valu bien des mésaventures dans le passé, entre autres, d'être chassé de son abbaye pour avoir prétendu qu'il valait davantage que le supérieur...

Le temps de cette discussion, les hommes ont fabriqué des brancards de branchages pour transporter les blessés et les morts. La troupe se met tristement en marche, le retour s'effectue avec lenteur. Isabeau se serre douloureusement contre son frère, essaye de réprimer ses sanglots. Ce n'est pas le moment de lui parler de son pauvre amoureux. Elle a sûrement constaté son absence, mais elle ne demande rien, trop abattue par la disparition de ses parents...

À l'orée de la forêt, des courageux se risquent à aller voir si les brigands sont partis. Ils reviennent bientôt, annonçant que le village est désert, à l'exception d'un seul visiteur, l'intendant du comte Louis. Ils l'ont aperçu de loin, l'homme semble étonné de ne rencontrer âme qui vive.

— Il tombe bien, celui-là !

— Il va nous entendre.

Le cheval de l'intendant piaffe sur la place de l'église. Face aux arrivants, son cavalier s'exclame d'un ton de reproche :

— Vous voilà donc enfin ! Où étiez-vous passés ?

Les réponses fusent, elles ne sont pas tendres :

— Tu n'as donc pas entendu le tocsin ?

— Regarde mieux, Raoul : on nous a tout pris, nous avons des morts et des blessés. Où se trouvait ton maître ?

Les maisons ont été pillées, leurs portes enfoncées. Les brigands ont volé dans l'église le moindre objet de valeur, apporté là et abandonné par force lors de la fuite des villageois...

L'intendant ne semble guère ému :

— Cette attaque de brigands est bien triste, annonce-t-il, mais n'oubliez pas que le comte Louis attend vingt d'entre vous ce matin pour la corvée. Vous êtes en retard. Le fossé ne va pas se nettoyer tout seul.

Des protestations fusent, et puis une femme pousse un long gémissement ; elle vient de s'apercevoir que son enfant, frappé d'un coup de poing tout à l'heure, ne bougeait plus dans ses bras. C'est comme un signal, la colère redouble. Arnaud proteste avec violence :

— C'est injuste ! Le comte Louis ne nous

défend pas, il nous laisse massacrer, puis nous appelle pour la corvée, comme si de rien n'était !

— Hé oui, il vous appelle ! hurle l'intendant, devenu tout rouge. On n'échappe à la corvée sous aucun prétexte ! Et n'oubliez pas non plus l'argent des impôts. Là aussi vous êtes en retard. Comment croyez-vous que nous payons nos soldats ? Et ils veulent qu'on les défende !

Cette fois, c'en est trop, l'indignation déborde : cette nuit, les brigands, tueurs et voleurs, ce matin, le seigneur et ses exigences ! Le village est complètement ruiné !

C'est Arnaud, encore lui, qui ramasse la première pierre. Elle frappe rudement l'intendant, qu'un faux mouvement déséquilibre et envoie au sol. D'autres pierres l'atteignent tandis qu'il se relève. Le cheval, effrayé par les cris et les projectiles, se sauve. L'intendant réussit pourtant à le rattraper, grimpe sur son dos et fuit au grand galop.

— Au château ! crient villageois et paysans avec un bel ensemble. Justice et vengeance !

Les cerveaux s'enflamment, tous se mettent à courir ; la foule comprend Arnaud, Isabeau (d'habitude pourtant timide et douce), et même Jean l'Étiré ; le moine fait cependant attention à ne pas se trouver dans les premiers rangs de ceux qui galopent, on ne sait jamais.

***

Au château, justement, malgré l'heure matinale, le comte Louis reçoit un visiteur. Il s'agit d'un messager poussiéreux qui vient visiblement d'accomplir une bonne course nocturne. L'homme est en train d'expliquer la raison de sa visite :

— Le dauphin Charles m'envoie. Il a besoin du soutien des seigneurs du royaume.

— Je suis de tout cœur avec monseigneur le Régent.

— Il a été obligé de quitter Paris, menacé par le prévôt* des marchands qui ose lui disputer le pouvoir. Le problème, c'est que votre région n'est pas sûre. Outre les brigands, les paysans s'agitent beaucoup en ce moment. Je suis chargé de renseigner monseigneur sur leurs projets, leurs mouvements...

Le comte Louis lève les bras au ciel.

— Je ne sais rien de tout cela, dit-il.

* Responsable municipal, aux pouvoirs étendus.

— Ils se rassemblent un peu partout, nomment des chefs, brûlent des châteaux...

— Quelle horreur ! Ce n'est pas ici que cela risque d'arriver.

Comme par hasard, juste à ce moment, l'intendant Raoul surgit dans la salle, visiblement bouleversé :

— Grand danger, monsieur le comte !

— Que se passe-t-il ?

— Les paysans arrivent en foule, furieux, car le village a été attaqué cette nuit.

— Je sais, j'ai entendu le tocsin. Mais je n'ai pas trop de mes soldats pour me défendre moi-même. Alors, les envoyer défendre le village...

— Les paysans sont animés d'intentions mauvaises, monsieur le comte. C'est le jeune Arnaud qui les mène, le fils du charpentier, une tête de mule. Pire encore !

Le comte se lève brusquement, il est devenu pâle.

— On va les recevoir !

Il se précipite dehors, criant aux armes, et ordonnant que l'on ferme les portes. L'intendant le suit ainsi que le messager.

Bientôt le château s'agite de toute part. Les hommes d'armes de la garnison réagissent, assez mollement d'ailleurs, aux ordres du seigneur ; mais les serviteurs ont un autre comportement : dans la forte troupe qui approche de la forteresse, ils voient des gens de connaissance, parfois des membres de leur propre famille. Eux aussi sont indignés par les événements nocturnes ; ils ont entendu sonner le tocsin sans que personne réponde à l'appel au secours, ils sont de tout cœur avec ceux qui crient maintenant leur colère.

Soldats et serviteurs s'opposent donc un instant, discutent, brandissent leurs armes sans les abattre ; dans la confusion, le pont-levis reste baissé et les portes ouvertes. Déjà la foule nombreuse et décidée envahit les bâtiments ; elle ne rencontre qu'une faible résistance, qui cesse complètement à la vue du comte Louis fuyant en compagnie de sa famille et de ses proches, montés à deux ou même à trois sur leurs destriers. L'intendant et le messager du Régent sont du nombre.

À leur tour, les hommes d'armes s'égaillent à travers la campagne, au grand contentement d'Arnaud qui n'a fait que freiner l'ardeur de sa sœur en se plaçant devant elle pour lui épargner un mauvais coup.

— Écarte-toi donc ! criait Isabeau en brandissant son bâton avec force. Écarte-toi, ou bien c'est toi que je frappe !

Bientôt s'élèvent les premières flammes de

l'incendie allumé par les paysans, et que saluent de nombreux cris de joie :

— Mort aux seigneurs !

— Plus besoin de curer le fossé maintenant !

— Regardez, les amis : où donc va se terrer le comte, désormais, quand son château sera ruiné ?

— Il se sauve, le lâche, que les loups le dévorent !

— Que le Grand Satan le mène en enfer.

3. Départ en mission

Ils viennent de vingt villages de la région de Beauvais, et davantage encore, Saint-Leu, Esserens, Nointel, Mello, Cramoisy... Ils sont des centaines à se rassembler, peut-être des milliers.

Arnaud marche parmi eux, ses parents viennent juste d'être enterrés. Pressé de questions, il raconte pour la dixième fois comment le château du comte Louis a brûlé en dépit de ses murailles épaisses.

— Ce n'est pas le dernier, prédisent les paysans en crispant les poings. Ils nous en font trop endurer.

Un grand champ est empli de monde. Face

à la foule des Jacques*, grimpé au plus haut d'un talus, se tient un homme solidement bâti, au visage énergique, Guillaume Carle ; c'est un laboureur, ancien soldat, devenu le chef de la révolte paysanne. Son bras se lève, le silence s'établit. Sa voix claire résonne, vibrante et convaincue :

— Frères du Beauvaisis, nous en avons assez de la misère et du malheur ! Beaucoup des nôtres ont faim, les enfants meurent dans les bras de leur mère, et les seigneurs en veulent toujours davantage. Nous n'avons plus confiance en eux, les nobles sont incapables de nous défendre, ils ne savent que nous saigner !

Un sourd grondement monte de la foule, Guillaume Carle poursuit :

— Le fils de notre roi Jean aujourd'hui prisonnier ne vaut pas mieux ! Au lieu de payer des soldats, il dilapide l'argent des impôts, notre argent, en folles dépenses. On dit qu'il possède des coffres emplis de pierres précieuses, alors que nous manquons de tout. Il faut que cela change !

---

* Au Moyen Âge, les seigneurs donnaient à leurs paysans en manière de plaisanterie le surnom de Jacques Bonhomme.

Cette fois, le grondement se transforme en cris d'approbation, vigoureux et convaincus. À nouveau Guillaume Carle reprend la parole :

— Frères ! Nous n'avons aucune liberté, seulement des corvées, des obligations de toutes sortes ; il nous faut demander l'autorisation même pour se marier ! Mais dans les Flandres, les seigneurs ne sont plus les maîtres absolus, villes et villages ont conquis par la force des privilèges, des libertés. Ils ont fait « commune », comme on dit. Cela est possible aussi dans nos campagnes !

Les cris reprennent de plus belle :

— Commune ! Commune !

— Attendez, ce n'est pas tout : à Paris, les bourgeois veulent comme nous des droits et la justice. Ils sont rassemblés derrière le prévôt des marchands, Étienne Marcel. Entendons-nous avec eux ! Paysans et bourgeois unis, nous pouvons desserrer les liens qui nous étranglent ! En attendant, continuons de montrer notre force, continuons à brûler leurs châteaux, exterminons les nobles ! C'est le seul langage, hélas, que nos maîtres comprennent !

— Noël ! Noël !

Derrière Guillaume, quelqu'un lève haut une bannière portant la fleur de lys, une preuve de la fidélité des révoltés au roi de France.

La réunion se termine après un échange de propos entre les paysans et leur meneur ; souffrance et colère s'expriment, et aussi le désir de se battre pour que les choses changent. C'est à ce moment que Jean l'Étiré rejoint Arnaud au milieu de la prairie. Un sourire satisfait éclaire le maigre visage du prêtre qui murmure à voix basse :

— J'ai à te parler, neveu. À propos de ce que tu m'as demandé.

Le garçon réagit avec vivacité :

— Je t'écoute, parle bas.

— J'ai retrouvé la trace des brigands, je sais qui ils sont. Cela n'a pas été facile, mais tu connais mon obstination, ma ruse. J'ai cherché, fouiné, tiré les vers du nez à bien des gens.

— D'accord, et alors ?

En vérité, le moine a eu beaucoup de chance. Fidèle à sa promesse, il avait exploré les environs du village à la recherche d'un témoin qui aurait pu lui fournir un renseignement sur les assaillants. En vain. Poussant ses recherches, il s'était retrouvé non loin de Chantilly, petite ville blottie à l'ombre de son château gallo-romain. Or le moine connaissait à Chantilly une auberge où il se rendait volontiers : ses tenanciers, chrétiens très croyants, échangeaient avec lui, de temps à autre, un repas gratis contre des prières et des promesses de pardon pour leurs péchés. C'est devant une bonne omelette au lard, une aubaine, que l'Étiré avait appris, tout à fait par hasard, la présence dans les lieux d'un blessé trop gravement atteint pour être transportable sur le moment.

— Tout concorde, conclut-il, j'ai vérifié ; il s'agit d'un soldat d'une compagnie du roi de Navarre, commandée par le capitaine Enguerran de Créville, un Normand. La compagnie porte sur son drapeau une flamme noire brodée ; elle est partie vers Paris.

Arnaud éprouve une sombre satisfaction, mais il n'a pas le temps de remercier le moine, car quelqu'un accourt : Guillaume Carle désire le rencontrer sur-le-champ.

Le garçon, étonné, quitte son oncle.

— Attends-moi, s'il te plaît.

Le chef que les Jacques ont choisi pour les diriger accueille chaleureusement le jeune homme ; il semble heureux de la réussite de cette assemblée...

— Les gens de ton village disent grand bien de toi.

Arnaud sourit, flatté par le compliment. Guillaume baisse le ton :

— J'ai besoin de deux ou trois gaillards de ta trempe pour un petit voyage qui comporte quelques risques. Es-tu d'accord ?

— Je le suis.

— Jure-le.

— Je le jure.

— Il s'agit d'accompagner à Paris un messager qui va rencontrer Étienne Marcel, le prévôt des marchands ; il devra obtenir de sa part une aide concrète, et pas seulement de la sympathie pour notre cause.

Paris ! Le nom frappe Arnaud. Jean l'Étiré vient juste d'évoquer cette ville vers où s'en est retourné le capitaine normand avec ses assassins. Il va donc pouvoir faire d'une pierre deux coups, servir les siens et se venger.

Guillaume Carle continue de parler, mais à vrai dire, Arnaud ne saisit plus très bien de quoi il est question. L'important, c'est le rendez-vous fixé pour le lendemain matin :

— Ton père était charpentier, dit Guillaume ; le mieux, c'est que tu prépares une charrette emplie de planches. Vous ressemblerez à des gens du métier allant accomplir quelque besogne. Personne n'aura envie de vous chercher noise.

— D'accord.

Les hommes prennent congé, avec force accolades et poignées de main. Arnaud se dépêche de rejoindre son oncle et le retrouve bavardant avec les uns et les autres ; la foule est en train de se disloquer, certains repartent vers leur village, d'autres restent groupés pour renforcer la troupe de Guillaume Carle.

— Jean, j'ai besoin de toi.

— À nouveau !

— Oui. Je voudrais que tu m'accompagnes à Paris.

— Aïe !

— Ce n'est pas seulement pour la vengeance. J'ai une mission à remplir.

— Aïe ! aïe !

— Nous partirons demain, mais il faudrait d'abord que nous mettions Isabeau à l'abri quelque part. Impossible de la laisser au village où nous n'avons aucune famille. Elle est bouleversée, et ici tout lui rappelle de tristes souvenirs.

— Aïe, aïe, aïe...

— Impossible non plus de l'emmener avec nous, c'est trop risqué. On doit trouver une solution.

Le moine hoche la tête en réfléchissant. Une nouvelle fois son visage s'éclaire tandis qu'il annonce :

— Tu as bien de la chance de m'avoir, mon

neveu, plein d'imagination et de ressources. Je t'ai parlé de Chantilly tout à l'heure, eh bien, au même lieu se trouve un couvent où l'on acceptera sûrement de recevoir Isabeau pour quelque temps.

— Mon oncle, tu es une perle rare ! Pardonne-moi d'en douter parfois.

À vrai dire, il n'est pas facile de convaincre Isabeau de quitter son frère, lorsqu'ils la rejoignent plus tard, triste, dans leur chaumière vide. Elle baisse la tête et se plaint :

— Arnaud, je n'ai plus que toi au monde maintenant. Et tu vas me laisser.

— Je reviendrai vite, je t'assure. Tu sais bien que je ne peux faire autrement. Je t'ai tout expliqué, ma mission à Paris et nos brigands à retrouver.

Isabeau baisse la tête. Mais ses réticences n'ont guère plu à Jean l'Étiré qui affirme d'un ton solennel :

— Lorsqu'une fille a seize ans, elle n'a qu'à obéir, quels que soient ses désirs et ses opinions... Elle n'a pas, non plus, je voulais te le dire, à jouer du bâton contre des hommes d'armes, devant un château, au premier rang des paysans.

Isabeau réagit, comme piquée par un moustique :

— Vous m'avez donc vue l'autre jour, mon oncle, vous étiez pourtant loin derrière...

Le moine ne répond pas sur le coup, quelque peu estomaqué. Isabeau lui fait une grimace dès qu'il tourne le dos en haussant les épaules.

— Qu'est-ce qu'il croit... murmure-t-elle.

Le lendemain matin, à l'aube, une vieille charrette quitte le village, emplie de bois. Un âne la tire, efflanqué à faire pitié, mais cachant sous son triste aspect autant de vigueur que le moine, son maître. Portant la blouse, et la cognée sur l'épaule, cinq hommes l'escortent, le messager de Guillaume Carle, Arnaud et deux autres gardes du corps, aussi jeunes que lui, et puis le moine, un bâton à la main.

Isabeau conduit ; assise dans le véhicule, elle pense à ses parents, et aussi à ses amies qu'elle ne verra plus jamais, peut-être. Et à Thomas, son premier amoureux. Au mois de mai passé, selon la coutume, pour affirmer ses sentiments, il avait déposé sous sa fenêtre une branche fleurie qu'elle avait ramassée. Elle soupire... Son frère a dit qu'on allait la laisser en route dans un couvent. Le lieu l'effraie, un couvent accueille les filles de la noblesse ; elle, simple paysanne, servira de servante et sera maltraitée, c'est sûr.

4. La situation se gâte

Au fur et à mesure que Chantilly se rapproche, le visage de Jean l'Étiré se rembrunit. Il existe bien un couvent dans cette ville, seulement le prêtre est de plus en plus convaincu qu'il a parlé trop vite, qu'il n'y sera peut-être pas le bienvenu.

En effet, au temps encore récent où il appartenait à un monastère des environs, la mère supérieure de ce couvent s'était plainte de lui aux autorités ecclésiastiques du diocèse*. Elle avait découvert qu'il envoyait des braconniers dévaster au profit des moines ses propres terres, un agissement qui l'avait indignée.

---

* Territoire placé sous l'autorité d'un évêque.

L'oncle finit donc par informer son neveu qu'une meilleure idée lui est venue pour mettre Isabeau à l'abri :

— Je me souviens maintenant, dit-il, le couvent a mauvaise réputation. En revanche, j'ai des amis qui tiennent une honnête auberge au pied du château.

Arnaud commence par protester. Il refuse que sa sœur soit placée dans une auberge où peut débarquer n'importe quel client douteux. Mais les choses s'arrangent à Chantilly ; le moine vérifie d'abord que le blessé navarrais présent lors de sa dernière visite a bien vidé les lieux ; ensuite, les aubergistes acceptent d'accueillir la nièce, assurant qu'elle les aidera seulement en cuisine.

Ils semblent être de braves gens, et ils ont une fille du même âge qu'Isabeau ; l'Étiré insiste, le messager de Guillaume Carle attend...

Arnaud se décide donc à laisser sa sœur ; Isabeau le veut bien aussi ; elle respire, préférant une auberge à un couvent ; à nouveau le garçon promet de venir la chercher au plus vite, la séparation lui coûte autant qu'à elle, qui se jette dans ses bras, verse quelques larmes tandis que la charrette repart.

— À bientôt, crie-t-elle, n'oublie pas : je me

sauve si tu tardes trop ! Et tu ne me retrouveras jamais !

Le voyage se poursuit sans fâcheuse rencontre ; la halte du soir s'effectue en un lieu retiré, en pleine campagne. Le messager de Guillaume Carle n'aime pas beaucoup parler ; il se contente d'écouter les plaisanteries qu'échangent ses jeunes compagnons. Le moine ronfle déjà, à peine le repas terminé ; l'âne broute.

Le lendemain, le voyage reprend ; l'état du chemin s'améliore, le sol est consolidé en bien des endroits par des fagots de bois enfoncés dans la terre battue.

Voilà Saint-Denis et la barrière de l'octroi* ouverte sur Paris. De nombreux gardes armés tiennent la porte. Il s'agit d'une milice de la bourgeoisie, chargée de surveiller une éventuelle arrivée des partisans du Régent enfui ; elle les laisse entrer sans rien demander à personne.

En revanche, Arnaud et ses compagnons semblent intéresser un homme balafré qui guette les passants. Lorsque leur charrette passe, il entreprend de les suivre, faisant signe à quelques compagnons de le rejoindre.

* Impôt à payer en particulier à l'entrée de marchandises dans les villes.

Une foule affairée se presse dans les rues. Beaucoup d'hommes portent un capuchon rouge et bleu, le chaperon aux couleurs de Paris et de son prévôt des marchands. Les étals de divers commerçants s'allongent en plein air, épiciers, selliers, apothicaires*... Le cimetière des Innocents est à traverser, clos de murs, mais ses portes ouvertes ; entre les tombes, des marchands vendent toutes sortes de produits. À sa suite, se dressent les pavillons des Halles, entourés de rues aux noms parlants, rue de la Verrerie, rue de la Poterie, rue de la Lingerie...

Arnaud se penche vers le messager :

— Je me trompe peut-être, murmure-t-il, mais je crois que quelqu'un ne nous lâche pas d'une semelle depuis notre arrivée à Paris. Ne te retourne pas...

— Il me semblait bien aussi, répond l'émissaire de Guillaume Carle. Ne prenons aucun risque, je vais essayer de vous fausser compagnie. Rendez-vous demain, comme prévu.

— Entendu. J'ai une idée pour t'aider. Laisse-moi prévenir les autres.

Le groupe poursuit sa route ; bientôt il croise une étroite ruelle. Arnaud arrête alors

* Ancien nom des pharmaciens.

l'âne juste à l'entrée, de façon telle que la charrette bloque le passage. Le messager en profite pour s'éloigner et disparaître sans encombre. D'ailleurs, Arnaud barre aussi la voie, prêt à se battre, pour empêcher toute poursuite.

La charrette repart ensuite, tranquillement. L'homme balafré décide de continuer à la suivre. Dès son arrivée, le groupe lui avait paru suspect en raison de la présence d'un prêtre en compagnie d'ouvriers marchant avec trop d'ensemble. C'est ce que l'on appelle le flair. La fuite de l'un d'entre eux renforce sa méfiance, il veut en savoir davantage sur les autres.

Un peu plus loin, c'est au tour d'Arnaud et de son oncle d'abandonner le véhicule pour prendre un autre chemin. Cette fois, le balafré ne se laisse pas surprendre ; il s'élance aux trousses du prêtre et de son neveu.

Tout en cheminant, le moine demande à Arnaud quels sont ses projets :

— Tu le sais bien, répond le jeune homme : essayer de découvrir où logent les compagnies du roi de Navarre. Ensuite, nous aviserons. Nous sommes libres jusqu'à demain.

— Paraît que la ville est grande.

— On trouvera.

Les deux hommes marchent en direction de la Seine et se retrouvent sur la grande place de Grève qui sert de port principal à Paris. Des barques à fond plat sont attachées à des pieux près de la berge, des portefaix s'affairent à les décharger. Le quai est encombré de tonneaux, de paniers, de piles de bois. Des maisons entourent la place de trois côtés, leurs étages en saillie forment une galerie continue au rez-de-chaussée, où se sont installées boutiques et tavernes. Le siège de la municipalité* occupe un bâtiment nommé la maison aux Piliers...

La place grouille de monde ; elle sert aussi de lieu de rendez-vous aux manœuvres et aux gens de métier qui cherchent du travail.

Arnaud et son oncle s'avancent dans une rue voisine, plus tranquille. Ils pénètrent dans une taverne où se trouvent seulement deux ou trois consommateurs.

— Ouf, on peut s'asseoir, dit l'Étiré avec une satisfaction bien visible.

Arnaud commande un pichet de vin avant d'interroger le patron de l'établissement :

---

* La municipalité (qui ne porte pas encore ce nom) est formée par le prévôt des marchands avec quatre adjoints élus, nommés échevins.

— Peut-on savoir où logent Charles de Navarre et ses troupes ?

Le tavernier ouvre des yeux étonnés :

— Drôle de question, répond-il. On voit bien que vous n'êtes pas d'ici. Le Navarrais est à Saint-Ouen. Ses troupes également. Elles n'ont pas le droit d'entrer dans la capitale. Notre prévôt est méfiant.

— Où est Saint-Ouen ?

— En sortant de Paris par la porte Saint-Denis, vous serez presque rendus.

Jean l'Étiré pousse un gémissement :

— On en vient, de Saint-Denis, et de sa porte. J'en ai les jambes qui me rentrent dans le ventre tant le chemin m'a fatigué.

— On va se reposer un peu, promet Arnaud.

L'oncle et le neveu commencent à se désaltérer, mais bientôt l'établissement est envahi par plusieurs individus d'aspect menaçant. L'homme balafré les dirige.

À leur vue, les consommateurs déguerpissent, à l'exception d'un seul, installé au fond de la salle, jeune, bien bâti, brun de chevelure, vêtu d'un gilet de toile fine au-dessus de ses chausses *.

* Culotte serrée, s'arrêtant aux genoux ou aux chevilles.

Les nouveaux venus se placent sur des bancs ou des tabourets autour d'Arnaud et du moine ; le balafré leur fait face ; sa voix rude résonne :

— Bon, dit-il, on ne va pas perdre de temps. Que venez-vous faire à Paris ?

— Cela ne vous regarde pas, réplique Arnaud.

— Que si, garçon, cela me regarde.

Le patron de la taverne intervient alors :

— Messire, ils cherchent à joindre Charles de Navarre, mais par Dieu, ne vous battez pas chez moi.

— Charles de Navarre, tiens donc. Dis-nous-en plus, garçon, sinon on te cogne. Vite !

Il fait un geste, deux de ses hommes se lèvent et avancent vers Arnaud. Mais celui-ci réagit avant qu'on ne le touche. Son poing frappe le premier, il bouscule le second. Les autres se précipitent ; en un instant, la bataille devient générale.

Arnaud recule lestement, attrape un tabouret, s'en sert comme d'un moulinet. Un des assaillants envoie le moine à terre ; Jean l'Étiré ne cherche pas à se relever, mais rampe tel un ver en direction de la sortie.

Le combat continue ; en dépit de sa vigueur et de son adresse, Arnaud ne peut se débarrasser d'une bonne demi-douzaine d'adversaires, il cherche surtout à parer les coups ; le balafré tient maintenant une dague à la main, l'affaire se complique. Par bonheur, le consommateur au gilet de toile intervient soudain pour lui porter secours. Il se dresse, se rue en avant, saisissant lui aussi un tabouret au passage.

Arnaud reprend courage, les deux tabourets font merveille, les assaillants reculent à leur tour. Voyant le combat durer, ils battent en retraite, de peur que le vacarme n'attire la police. Leur chef franchit le dernier la porte en grondant :

— On se retrouvera vite ! Tu ne perds rien pour attendre.

5. Olivier et son valet Basoche

— **M**erci, sans vous j'allais passer un mauvais quart d'heure.

— Inutile de me remercier, je n'aime pas que six hommes en attaquent un seul. Mon nom est Olivier de Charonne ; mon père fait commerce de fourrures et d'étoffes.

Arnaud se présente à son tour, mais des cris se font entendre dehors ; ils se précipitent.

Devant la porte, Jean l'Étiré est secoué, comme un tapis à une fenêtre, par un garçon au ventre bien rembourré, qui l'a empoigné et ne le lâche plus.

— Arrête, Basoche, crie Olivier.

L'autre obéit, le moine gronde :

— Tu m'as eu par surprise, mauvais, autrement

tu serais en miettes. J'en ai déjà massacré douze à la fois, des gros de ton espèce !

— Que se passe-t-il ?

On s'explique : Basoche est le valet d'Olivier de Charonne, s'il s'en est pris à l'oncle d'Arnaud, c'est qu'il le croyait complice des assaillants...

Les jeunes gens payent leur vin au tavernier, dont le solide mobilier n'a pas trop souffert de la bataille. Puis ils s'en vont le long de la Seine en direction du Grand Châtelet*, suivis de l'Étiré et de Basoche qui se regardent comme chien et chat. En chemin, un tronc d'arbre à terre leur permet de s'asseoir pour parler plus commodément. Sans même y penser, ils se tutoient :

— Sais-tu qui sont ces individus qui t'ont cherché noise ? demande Olivier.

— Aucune idée, répond Arnaud.

— Ils voulaient savoir ce que tu venais faire ici...

— À toi, je peux le dire. Des brigands ont attaqué mon village du Beauvaisis, tué mes parents. Ce sont des Navarrais et j'ai su qu'ils regagnaient Paris.

---

* Forteresse protégeant l'entrée de l'île de la Cité où se trouve en particulier la cathédrale Notre-Dame de Paris.

— Voilà pourquoi tu veux les retrouver, je comprends. Pourtant, je ne vois pas le rapport avec le mauvais curieux de la taverne.

Arnaud pense à la révolte des paysans, au messager de Guillaume Carle, mais de cela il ne veut point parler. Olivier reprend :

— À la réflexion, il est possible que tu aies eu affaire à des hommes du Régent. Ils surveillent tout ce qui se passe ici.

— Ah... Pourquoi donc ?

— Le dauphin Charles a fui, de nombreux nobles l'ont suivi ; mais ses troupes entourent plus ou moins notre ville, et il dispose chez nous de partisans et d'espions. Il nous attaquera un jour. Tu me suis ?

— À peu près, mais ce sont les Navarrais qui m'intéressent.

— Le roi de Navarre s'est allié avec Étienne Marcel, ce qui n'empêche pas ses soldats de brigander dans les campagnes comme les Anglais, et d'autres.

— Je cherche la compagnie d'un certain Enguerran de Créville, un Normand.

Olivier de Charonne ne peut réprimer un mouvement de profonde stupéfaction. Il est devenu pâle :

— Créville, pas possible ! Et tu es sûr qu'il se trouve à Paris ?

— C'est ce que j'ai appris tout du moins...

Olivier reprend sourdement :

— J'entends tous les jours mon père maudire le capitaine Enguerran de Créville.

Au tour d'Arnaud de s'étonner :

— Mais pourquoi ? Vous le connaissez donc ? Explique-moi.

— Je t'expliquerai, réplique Olivier ; mais il y a plus urgent à faire. Ce que tu viens de me dire est trop important, je dois informer ma famille. Accompagne-moi, après nous irons à Saint-Ouen ensemble, à moins que mon père ne te propose autre chose.

Arnaud ne sait trop comment réagir. Il finit par répondre :

— Comme tu veux. Je déciderai ensuite.

Ils quittent leur siège improvisé, Arnaud suit son compagnon. L'Étiré et Basoche leur emboîtent le pas. Mais presque aussitôt, Olivier sursaute :

— Alerte, souffle-t-il.

Il vient d'apercevoir, venant à leur rencontre, leurs agresseurs de la taverne, accompagnés de nouveaux acolytes. Cette fois, la partie n'est plus égale ; une seule réaction s'impose : la fuite, car les autres se précipitent vers eux.

Arnaud et Olivier galopent avec agilité, de

même que Jean l'Étiré, et le valet Basoche en dépit de son ventre.

La foule est dense par bonheur ; de plus, elle s'est attroupée sur leur chemin autour d'un montreur de singes apprivoisés, plus loin, autour de jongleurs qui lancent balles et massues dans les airs.

Ces deux rassemblements aident les fuyards à disparaître hors de la vue de leurs poursuivants. Hélas, lorsque Arnaud ralentit sa course, c'est pour constater qu'Olivier n'est plus à ses côtés, ni Basoche. Seul, près de lui, son oncle reprend son souffle.

— Où sont nos compagnons ?

— Aucune idée !

— Il faut les retrouver.

— Soyons prudents, réplique le moine, nos ennemis ne sont sûrement pas loin. D'ailleurs, si on ne retrouve pas cet Olivier de Charonne, ce ne sera que petite perte : son valet est un méchant, tu as vu comme il m'a secoué.

En dépit de l'objection, Arnaud, très contrarié, entreprend de chercher Olivier si malencontreusement disparu. Il se méfie, son oncle a raison, le balafré et ses hommes rôdent sans doute encore dans les parages.

Le temps s'écoule, les passants se raréfient, le soir tombe, puis la nuit ; ses efforts restant vains, Arnaud, déçu, décide de se réfugier au bord de la Seine.

La rive est couverte par endroits d'arbres et de buissons épais. Le jeune homme trouve un abri dans un bosquet de saules dont les longues branches se tendent vers l'eau. L'abbé sort de sa besace du pain et un morceau de fromage, puis s'endort comme à son habitude, dès le frugal repas achevé.

Arnaud, quant à lui, songe aux événements qu'il vient de vivre, l'attaque des brigands, la mort de ses parents, la mission de Guillaume Carle, Isabeau laissée dans une auberge à Chantilly. Pourvu qu'elle s'y trouve bien, qu'il ne lui arrive rien de fâcheux. Il se sent responsable d'elle... Et qui sont ce balafré et ses hommes de main ? Que veulent-ils ? Et Olivier ? Que représente pour sa famille ce capitaine navarrais, Enguerran de Créville, le chef des assassins de ses parents ? Quel dommage vraiment de l'avoir perdu ! Il lui devait de la reconnaissance pour son aide, et puis, il le trouvait vraiment de bonne compagnie.

6. Expédition guerrière

Olivier de Charonne cherche aussi Arnaud sur le bord de la Seine. Il finit par y renoncer et décide de rentrer chez lui.

— Nous ne perdons pas grand-chose, grogne le valet Basoche. Je ne veux point juger ce paysan du Beauvaisis à qui vous avez porté secours, mais alors, son oncle... D'abord, un moine maigre, ce n'est pas naturel, ceux que je connais sont tous gras, dodus, normaux, quoi ! Il y a de la diablerie chez ce Jean l'Étiré.

Et Basoche s'empresse de faire un signe de croix.

Olivier ne réplique à ce discours que par un haussement d'épaules et s'engage, suivi de son serviteur, sur le Pont-au-Change, bordé de boutiques et menant à l'île de la Cité. Sa famille habite là, non loin du Palais-Royal, auprès duquel s'élèvent plusieurs hôtels particuliers. À la porte de l'un d'entre eux, veille un serviteur, vêtu de gris, un long poignard passé à la ceinture, une précaution prise en raison des heures troublées que vit Paris. Il accueille le jeune homme avec empressement :

— Votre père vient de rentrer. Il demande que vous alliez le rejoindre dès votre retour.

— C'est justement mon intention.

L'hôtel du marchand de fourrures est richement décoré de tapisseries et de tapis, meublé de coffres, armoires, lits de grande taille et tables basses ; tout ce mobilier, en bois rares, possède des ferrures travaillées, des incrustations de corne et d'ambre...

Le marchand reçoit son fils, assis à son bureau couvert de registres, où trônent même quelques livres aux couvertures enluminées. Une barbe grise couvre son visage.

— Te voilà enfin, Olivier.

— Père, j'ai quelque chose à vous dire.

— Moi d'abord, l'interrompt messire de Charonne. Tiens-toi prêt : demain matin, tu accompagneras une troupe de Parisiens qui va soutenir la révolte des Jacques ; ainsi en a décidé notre prévôt Étienne Marcel, après une entrevue avec un émissaire de Guillaume Carle. J'arrive de la maison aux Piliers.

Olivier reste étourdi par la nouvelle. Du coup, il en oublierait sa rencontre avec Arnaud et la surprise que son père va éprouver. Justement ce dernier l'interroge :

— Et toi, mon fils, qu'avais-tu d'important à m'annoncer ?

— Je sais où est Enguerran de Créville !

Le marchand se dresse brusquement de toute sa taille, les yeux enflammés. Les deux mains appuyées à sa table, il demande d'une voix sourde :

— Es-tu sûr de ce que tu m'annonces ?

— Je le pense, père.

Et Olivier raconte sa rencontre avec Arnaud, leurs conversations...

— Créville a dû revenir depuis peu dans la région parisienne, murmure le marchand. Dire que je l'ai fait rechercher si longtemps en vain par des espions... Il reste moins de trois mois pour qu'il parle, autrement...

Il se rassied en poussant un profond soupir, mais réagit vite :

— Ne t'inquiète pas, Olivier, je m'occupe d'Enguerran de Créville. Contente-toi d'être demain dès l'aube à la porte Saint-Denis.

— J'y serai, mon père.

Le jeune homme quitte la pièce sans bruit, laissant messire de Charonne plongé dans ses pensées douloureuses.

***

Quand le jour pointe, le lendemain, Olivier se dirige vers le lieu de rendez-vous, monté sur un cheval à la fine encolure, suivi de Basoche à dos de mulet, de mauvaise humeur parce qu'il n'aime pas les réveils matinaux. Chacun mène par précaution une monture de rechange.

À la porte Saint-Denis, des hommes se rassemblent, des bourgeois de la ville pour l'essentiel ; ils portent le casque, mais des vêtements civils, l'épée pendue à la ceinture ou accrochée en écharpe. Bientôt, ils seront quelques centaines, à pied ou à cheval.

— Holà, s'exclame Basoche, vous ne m'avez pas prévenu que nous partions en expédition. Avez-vous oublié mes études médicales, et les remèdes dont je dispose et que j'aurais pu emporter ?

Olivier éclate de rire en ripostant :

— Tu as passé plus de temps dans les tavernes qu'à l'école, d'après ce que je sais ;

même la digne profession des barbiers n'a point voulu de toi.

— Des jaloux, des ignorants ! Je sais mieux qu'eux saigner un malade ou lui faire un lavement, préparer poudres et onguents* à base de boyaux de loup ou de cœurs de grenouille.

— D'accord, d'accord...

Ne voulant plus discuter avec son serviteur, Olivier presse son cheval pour rejoindre les chefs de l'expédition. Il apprend que la troupe va retrouver Guillaume Carle en personne à Ermenonville, une cité proche de Picardie.

— Nous allons montrer notre détermination au Régent. Ses soldats commencent à gêner l'approvisionnement de Paris en nourriture, nous les repousserons.

***

Tandis que l'expédition parisienne se met en route, Arnaud et son oncle s'éveillent sous leurs saules du bord de la Seine ; déjà on s'active autour d'eux ; des marchands ambulants vont vendre l'eau et le pain aux gens aisés de la ville, des tisserands trempent dans le large fleuve des étoffes et des peaux dont certaines

* Médicament crémeux à usage externe.

sentent fort encore ; à leur côté, des femmes lavent le linge familial.

— Il ne faut pas rater notre rendez-vous avec le messager de Guillaume Carle, dit Arnaud.

En compagnie de Jean l'Étiré, il se presse de rejoindre la place de Grève où les amis venus du Beauvaisis les attendent déjà. L'envoyé de Guillaume marche à leur rencontre ; il semble satisfait de son travail :

— Mission accomplie, dit-il, les Parisiens sont avec nous ! Aujourd'hui même, une troupe va retrouver notre chef à Ermenonville comme gage de notre accord.

— Bravo ! approuve Arnaud.

— Je m'excuse, interrompt le moine. Où est mon âne ?

De gros rires lui répondent : l'âne a été vendu, comme la charrette emplie de bois ; il fallait de l'argent pour se nourrir et nul n'en disposait. Jean l'Étiré fait grise mine en suivant ses compagnons qui quittent la place de Grève.

— Que faisons-nous maintenant ? demande Arnaud.

— Nous allons aussi à Ermenonville.

Ermenonville se trouve non loin de Senlis et de Chantilly. Une bonne partie de la journée est nécessaire pour y parvenir. Arnaud reste sombre durant le trajet ; il n'a pas eu le temps de s'occuper de son capitaine navarrais, mais il se promet de retourner en ville le plus vite possible. Il songe à ses parents, à sa sœur, aux gens de son village, au jeune Thomas, et à l'enfant tué par les soudards d'un coup de poing.

À Ermenonville, une forte compagnie de paysans, menée par Guillaume Carle en personne, a mis le siège depuis plusieurs jours devant une forteresse appartenant à un des nobles les plus détestés du royaume. Les bourgeois de Paris les ont déjà rejoints. Les deux troupes fraternisent.

Le chef des Jacques rayonne de contentement en écoutant le compte rendu que lui fait son émissaire. La rencontre avec Étienne Marcel a déjà produit un premier résultat :

— C'est une excellente chose qu'il ait décidé de marcher avec nous. Nous voilà plus forts à présent ; il faudra bien qu'on nous entende !

Le visage de l'ancien soldat se rembrunit. Il songe avec lucidité à l'urgence qu'il y a de convaincre les seigneurs de se montrer moins exigeants, d'accorder à leurs sujets un peu de liberté. Une révolte paysanne ne peut jamais trop durer, d'autant plus que les moissons approchent ; chacun va vouloir rentrer dans son village, il n'est pas question de laisser les céréales pourrir sur pied. Guillaume Carle se demande avec une sourde inquiétude s'il aura le temps et la force d'accomplir sa mission.

La nuit tombe, paysans et Parisiens veillent autour du château encerclé, bloqué par des retranchements faits d'arbres abattus. Arnaud et son oncle s'installent à leur côté. Le garçon demande au prêtre s'il y a encore de quoi manger au fond de sa besace. L'Étiré secoue la tête, ce qui ne l'empêche pas de réagir :

— Mon neveu, dit-il, si mon sac est vide, ma tête est pleine, comme toujours. J'ai reçu quelque argent provenant de la vente de mon pauvre âne par nos compagnons. Je m'en vais trouver ces Parisiens qui campent près de nous. Ce sont des marchands pour beaucoup, et je serais étonné qu'ils n'acceptent pas de nous vendre du pain et du lard.

Le moine se dirige vers les Parisiens groupés autour de leurs feux. Peu de temps passe avant que n'éclate sa voix indignée :

— Il fallait bien que je tombe sur toi ! Tu n'es pas seulement un brutal, mais aussi un voleur par-dessus le marché ! Me proposer du pain noir trois fois plus cher que du pain ordinaire !

— Adresse-toi ailleurs si tu n'es pas content, diable au menton pointu ! Je ne crains pas ta colère, mon ange me protège.

— Voleur !

— Suppôt de l'enfer ! Belzébuth ! Prince des démons !

Tout autour des criards, les gens commencent à s'émouvoir, mais il ne s'agit là que d'une simple rencontre de Jean l'Étiré avec le valet Basoche.

7. Sur le plateau de Mello

Avertis de leurs présences respectives par le moine et le valet, qui montrent cependant une mine renfrognée, Arnaud et Olivier se retrouvent avec grand plaisir, se jettent dans les bras l'un de l'autre.

— Tu es donc avec Étienne Marcel !

— Et toi, avec Guillaume Carle !

Olivier hoche la tête :

— J'ai réfléchi, dit-il, et je suis de plus en plus convaincu que notre balafré est un espion du Régent. Tu as dû lui paraître suspect, je ne sais pourquoi. Il s'agit peut-être même d'un simple hasard.

Arnaud approuve, son compagnon ajoute :

— Quoi qu'il en soit, maintenant, on ne se quitte plus.

— Attends, je veux toujours retrouver Enguerran de Créville.

— Mon père s'en occupe.

— C'est à moi de venger mes parents ! Je ne peux les oublier.

— Je te ferai rencontrer mon père à Paris, nous parlerons ensemble, il t'expliquera...

Olivier a dit : « On ne se quitte plus », mais c'était parler trop vite. Dès le lendemain, Guillaume Carle prévient Arnaud :

— Je viens d'avoir d'inquiétantes nouvelles. Il paraît que nombre de seigneurs se rassemblent du côté de Clermont. C'est là que se trouve la plus grande partie de nos paysans. Ils risquent d'être attaqués, je m'en vais les rejoindre. Veux-tu m'accompagner ? Nous partons tout à l'heure.

— Je le veux, répond Arnaud d'un ton décidé.

Il court prévenir Olivier.

— Ce n'est qu'un contretemps, affirme-t-il, il y aura sûrement bataille, je reprendrai ma liberté quand elle sera terminée. Nous nous retrouverons ensuite.

— Entendu, répond Olivier, nous non plus n'allons pas traîner ici : une fois le château pris, notre troupe marchera sur Meaux ; les soldats du Régent tiennent cette ville et empêchent la navigation des marchandises sur la Marne, vers Paris. Nous aurons vite fait de nous en emparer.

Il se sent plein de vaillance, et Arnaud aussi est confiant. Ils sourient de concert, le visage épanoui, heureux de combattre tous les deux pour une bonne cause.

Les jeunes gens conviennent alors d'un rendez-vous dix jours plus tard à Chantilly : Arnaud veut retirer Isabeau de l'auberge où elle se trouve et la ramener avec lui dans la capitale ; il ne peut s'habituer à leur séparation, et son ami a proposé que sa famille accueille la jeune fille.

— Elle acceptera sans hésitation, affirme-t-il.

Avant de se séparer, Olivier demande à son ami de l'attendre. Il ne tarde pas à revenir, tenant un cheval par la bride, sa monture de rechange.

— C'est pour toi.

Arnaud s'exclame, remercie, tout en prévenant qu'il n'a rien d'un bon cavalier. Son camarade répond qu'il apprendra vite :

— L'animal me paraît doux, en confiance, les oreilles toujours bien droites ; regarde toi-même.

— Et moi, murmure le moine, j'irai comment ?

Olivier continue, comme s'il n'avait rien entendu :

— Basoche a aussi un mulet pour ton oncle.

— Je suis sûr qu'il est en train de lui apprendre à me jeter à terre et à me piétiner, marmonne l'incorrigible Jean l'Étiré.

— À propos, reprend Olivier, tu n'as pas d'épée.

— Je ne saurais m'en servir, mon gourdin fera l'affaire si l'occasion se présente.

— Tiens, prends tout de même mon poignard, j'ai son frère. C'est une bonne lame espagnole.

Arnaud comprend que donner une arme à quelqu'un est un signe fort d'amitié et d'estime. Ses yeux brillent d'émotion.

Les jeunes gens s'étreignent avec force.

Bientôt, une petite troupe à cheval quitte Ermenonville, galopant sur les chemins. Arnaud en fait partie grâce au cadeau de son camarade. Les autres Jacques suivent à pied, aussi vite qu'ils le peuvent.

Guillaume Carle semble préoccupé ; quant à Arnaud, son principal souci est de se tenir droit sur sa monture et d'essayer de la guider.

Par bonheur son cheval est effectivement une brave bête, tout comme le mulet de l'oncle.

Du côté de Clermont, de forts groupes de paysans sont rassemblés dans les bois. Guillaume Carle se fait connaître, envoie des coursiers dans toutes les directions, demandant un regroupement général sur le plateau de Mello, près de Creil, une bonne position stratégique, difficile à escalader par l'ennemi.

Bientôt, les Jacques arrivent par centaines et centaines. Ils forment, effectivement, la plus grande partie des paysans révoltés. Ils s'installent, allument leurs feux. Guillaume Carle se démène, essaie de former des troupes*, de s'entendre avec leurs chefs, de leur expliquer comment il va falloir se battre...

Car les nouvelles se précisent, l'ennemi est bien dans les environs, ce sont de très nombreux seigneurs, avec leurs écuyers, leurs sergents et autres gens de guerre. Celui qui les commande n'est pas le Régent, mais bien le roi de Navarre, Charles le Mauvais.

Arnaud s'étonne :

— Je croyais que le roi de Navarre était l'allié d'Étienne Marcel ? Et Étienne Marcel nous soutient.

* Nom ancien donné aux bataillons.

Guillaume Carle a un rire triste avant de répondre :

— Le roi de Navarre est de la haute noblesse avant tout. Il n'a pas dû hésiter longtemps lorsque les comtes et les barons de Picardie et du Nord sont venus lui demander de l'aide contre des paysans qui osent redresser la tête ; c'est plus qu'il n'en peut supporter...

***

Au matin du 10 juin 1358, une belle journée qui annonce l'été, des hommes à cheval se présentent devant le plateau de Mello, levant haut un drapeau blanc fiché à l'extrémité d'une lance.

— Nous voulons parler à votre chef, Guillaume Carle, disent-ils.

— Me voilà.

— Le roi Charles de Navarre te salue. Il désire te rencontrer, et te demande de le rejoindre dans son camp. Il a des propositions à te faire.

— N'y va pas, soufflent les paysans qui entourent Guillaume, c'est un piège ; la proposition pue à plein nez.

Guillaume Carle hésite.

— Demande au moins que le roi Charles t'envoie des otages pour garantir ta sécurité.

— Bah, à quoi bon ! C'est un roi qui m'appelle, un roi, et pas n'importe qui.

Que répondre à cela ? Les paysans se taisent.

— Je viens.

Guillaume se tourne un instant ; Arnaud se tient près de lui, en selle sur sa monture.

— Suis-moi, dit-il.

Il avance alors vers les cavaliers, qui tournent bride et le guident. Bien des Jacques le regardent partir avec un serrement de cœur.

Plus bas, dans un grand champ, Charles le Mauvais attend son visiteur, assis sous un abri de toile resplendissant, entouré de seigneurs et de chefs de compagnies. Parmi eux se tient le comte Louis, qu'Arnaud reconnaît sans peine.

Guillaume marche vers eux sans crainte ni arrogance. En revanche, les nobles le fixent d'un regard empli de haine, les lèvres serrées : depuis près de trois semaines, ce paysan les fait trembler.

Le roi de Navarre est petit de taille, ses mouvements sont vifs, comme ses yeux. Il rit, d'un rire cruel :

— Te voilà donc... Est-il vrai que les Bonshommes t'appellent le roi Carlot ?

— Qu'importe le nom qu'il leur arrive de me donner, je les représente ici.

— Le roi Carlot, répète le Mauvais, leur audace me sidère. Holà, gardes, emparez-vous de ce vilain[*] !

— Traîtrise !

— Même pas ! Une simple ruse, à laquelle tu t'es laissé prendre. Un roi ! Quelle prétention ! Eh bien, on va t'apporter une couronne !

Des gardes s'élancent, empoignent Guillaume, l'enchaînent en un instant. La couronne est déjà prête, en fer, rougie au feu ; le bourreau l'apporte entre ses mains gantées de cuir, et l'enfonce sur la tête du paysan qui pousse une plainte déchirante.

Arnaud s'était arrêté à la limite du champ. Personne ne lui prête la moindre attention tandis qu'il assiste, pétrifié, à la terrible scène se déroulant sous ses yeux.

Soudain, c'est plus fort que lui, il réagit, fait bondir sa monture en direction du chef des Jacques ! Arnaud veut le sauver, il ne se rend même pas compte de la folie de son geste, un

[*] Nom donné aux paysans au Moyen Âge.

geste de désespoir face à cette masse de nobles et de soldats !

Le voyant accourir, les gardes se précipitent afin de lui barrer le passage. Ils sont tout de suite devant lui. À nouveau l'instinct commande ; Arnaud, bouleversé de douleur et de rage, oblique la course de son cheval, évite ainsi ses ennemis et repart au triple galop en direction du plateau.

Les gardes le poursuivent, mais tournent bride rapidement, n'osant s'aventurer trop loin...

Pendant ce temps, Charles le Mauvais commande, désignant son prisonnier :

— Qu'on le mène à Clermont et qu'on le mette à mort.

Il ajoute à l'intention de son entourage :

— Voilà qui va rendre notre besogne facile. Allons donc maintenant attaquer ces canailles !

Arnaud rejoint ses compagnons en toute hâte :

— Aux armes, crie-t-il, ils ont pris Guillaume Carle, et ils vont sûrement arriver !

Les paysans réagissent, grondent, s'indignent furieusement ; leurs chefs tentent de les disposer en ordre, comme il était prévu.

Des clameurs se font entendre, l'ennemi

escalade déjà les pentes, seigneurs bardés de fer et leur suite ; des archers anglais les accompagnent, tireurs d'élite sachant atteindre leur cible à plus de cent mètres de distance. Leurs flèches pleuvent.

— Mort aux Jacques !

— Sus aux vilains !

C'est le choc, les paysans veulent résister, brandissent leurs pauvres armes. Parmi eux, Arnaud manie son bâton, frappe de toutes ses forces, bondissant, déchaîné...

Brusquement, il aperçoit à quelque distance le comte Louis, occupé à tuer, comme les autres seigneurs. La rage le soulève, il pousse sa monture, réussit à s'en approcher et assène sur l'épaule du comte un coup d'une violence extrême. Le seigneur en lâche son épée en hurlant. Arnaud ne peut redoubler son attaque, car des soldats s'interposent, et il est obligé de reculer.

« Tant pis, songe-t-il, il n'a qu'un os rompu. C'est peu de chose pour payer sa méchanceté. »

Le combat continue, mais il est par trop inégal, les Jacques cèdent du terrain, se débandent, commencent à fuir.

Arnaud les suit, à contrecœur.

— Pas de quartier ! hurlent les nobles. Tuons-les tous !

— Tous ! approuve Charles le Mauvais, même si le massacre doit durer jusqu'à la Saint-Jean d'été.

8. De tristes retrouvailles

Comme l'avait prévu Olivier, les Parisiens ne restèrent pas longtemps à Ermenonville après le départ de Guillaume Carle et d'Arnaud. D'abord, le château brûla, à la grande joie des paysans des alentours qui criaient : « Justice ! Mort aux seigneurs ! Assez d'impôts et de corvées ! »

Les bourgeois d'Étienne Marcel prirent alors le chemin de Meaux ; quelques lieues* seulement étaient à parcourir ; en chemin, ils reçurent du renfort, et c'est au nombre d'un millier environ qu'ils arrivèrent en vue de la ville dont ils voulaient s'emparer.

* Mesure de longueur valant quatre kilomètres.

Autour d'Olivier, on prévoyait une bonne bataille, mais, pour l'instant, il n'en était pas question, au contraire. Dès que la troupe des Parisiens franchit leur pont sur la Marne, les habitants de Meaux parurent, poussant des cris de bienvenue. De longues tables se dressaient dans les rues, couvertes de pain, de viandes, de rafraîchissements. Les gens semblaient heureux de cette arrivée ; ils parlaient avec plaisir et envie du vent de liberté qui soufflait sur Paris.

« Où sont les soldats du Régent ? » se demandait Olivier.

Il se sentait inquiet, et posa des questions autour de lui. On lui répondit que le Régent était absent, mais que des soldats se trouvaient bien au château ; ils avaient peur sans doute, et se terraient.

Hélas, non, ils n'avaient pas peur, et ils arrivèrent, nobles en tête, montés sur leurs lourds destriers, revêtus de l'armure complète, la visière du heaume baissée sur les yeux, l'épée en main ; une suite les entourait, écuyers, sergents porteurs de piques et de boucliers, et autres gens de guerre. Tous savouraient à l'avance une victoire certaine sur des adversaires qui savaient à peine manier leurs armes, habitués seulement à peser les aliments, tailler le drap, ou gâcher le plâtre*.

Les gens de Meaux prirent la fuite, les Parisiens tentèrent de résister à la rude charge qui s'abattit sur eux ; beaucoup se retrouvèrent à terre, les autres reculèrent, et la retraite se transforma en déroute.

Les nobles frappaient à tour de bras, sans pitié aucune ; à leurs yeux, bourgeois et paysans ne comptaient guère. C'est autour du pont qu'eut lieu l'essentiel du carnage ; les Parisiens tombaient par dizaines et dizaines, d'autres, beaucoup d'autres, furent rattrapés et massacrés dans les champs et sur les chemins.

Olivier s'était battu avec courage et adresse ; bien que fils de bourgeois, il avait reçu des leçons d'escrime, tel un écuyer de la noblesse. Il connaissait attaques et parades, la conduite d'un cheval de guerre, et les défauts d'une armure, l'endroit où il fallait frapper l'adversaire à la jonction des lames de fer. Mais que pouvait-il faire devant le nombre et la force ? Il s'enfuit avec les survivants, Basoche à sa suite ; le valet, éperdu, tremblait de tous ses membres.

* Le délayer avec de l'eau.

En pleine campagne, chacun se dispersa comme feuilles mortes au vent. Olivier ralentit l'allure de son cheval.

— Vivement qu'on retrouve Paris, articula Basoche.

— Quelle terrible raclée nous avons reçue... soupira le fils de messire de Charonne.

Il était bouleversé, mais ajouta :

— J'aimerais bien comme toi rentrer à la maison, seulement nous avons rendez-vous avec Arnaud. J'espère qu'il a eu plus de chance que nous.

Basoche fit la grimace.

— Que faisons-nous alors ? demanda-t-il.

— Nous allons nous rapprocher de Chantilly, et attendre, dans une auberge, peut-être.

Olivier se faisait des illusions en parlant d'attente dans une auberge. En effet, les troupes du Régent commençaient à parcourir la région, recherchant toujours les Parisiens rescapés pour les mettre à mal, leur barrant la route du retour. À Meaux, ils s'étaient vengés de l'attitude des habitants, pillant la ville, mettant le feu aux maisons, massacrant même une partie de la population.

D'autre part, les nobles commandés par le roi de Navarre poursuivaient encore les Jacques en fuite bien au-delà du plateau de

Mello. La Picardie entière était donc devenue dangereuse, la mort menaçait en tous lieux, frappant même les innocents. Pas question, non, de se réfugier dans une auberge, mieux valait chercher une cachette au plus profond d'un bois. Par bonheur, Basoche ne manquait pas de provisions dans ses sacoches...

**

Arnaud n'a qu'une égratignure au bras après la bataille au côté des Jacques ; assis au bord d'un ruisseau, Jean l'Étiré lui refait un pansement d'herbes fraîches.

— Ça va aller, dit-il, la plaie est saine.

— Encore heureux.

Voilà deux jours que les deux hommes se terrent de leur mieux. Arnaud a encore la tête pleine des malheurs qu'il vient de vivre : la fin de Guillaume Carle, attrapé et sûrement assassiné, le carnage des paysans. Est-il possible que la révolte ait été ainsi écrasée d'un seul coup ? Il n'y a pas de justice, pense-t-il une fois encore. Guillaume Carle disparu, qui défendra désormais les Jacques ?

Le moine cherche à consoler son neveu, tout du moins à lui changer les idées. Il raconte :

— Sais-tu combien d'ennemis j'ai mis hors

de combat à moi tout seul ? Six ou huit, je ne me souviens plus exactement. Qu'en dis-tu ?

Arnaud ne peut s'empêcher de sourire.

— On va se remettre en route, atteindre Chantilly.

— Et retrouver ton ami Olivier.

— J'espère.

— Lui, je veux bien, mais tu sais combien son gros valet m'indispose.

— N'exagère pas...

Le pansement est achevé ; tandis que son oncle se plaint d'avoir faim, Arnaud entend soudain des bruits sourds qui enflent vite...

— Que se passe-t-il ? Viens voir.

Le moine le suit, courbé comme lui, avant de s'aplatir dans les broussailles :

— Regarde.

En plein champ, juste en face d'eux, galopent des paysans, l'épouvante inscrite sur leurs visages, leurs pieds nus foulant l'herbe sans souci des pierres et des orties ; certains crient, encourageant leurs compagnons. La plaine est vite traversée, les paysans disparaissent derrière un rideau d'arbres, c'est comme s'ils n'avaient jamais existé.

Soudain, un vibrant appel se fait entendre :

— Arnaud !

Et Olivier surgit à dix pas, les bras ouverts,

suivi de son valet ! Lui aussi dormait dans les parages, lui aussi avait entendu les paysans, et aperçu son ami en s'avançant. Un hasard bienheureux, pourtant bien explicable : comme Arnaud, Olivier se dirigeait vers Chantilly, tout proche, et leurs routes venaient de se croiser.

Les jeunes gens s'étreignent avec force, ravis de se retrouver sains et saufs. Mais ils s'assombrissent vite. Chacun dit à l'autre le malheur qu'il a vécu :

— Les seigneurs ont frappé nos Parisiens comme des bêtes à l'abattoir, annonce Olivier. Nous avons fui...

— Les Jacques aussi sont morts, ajoute Arnaud, c'était terrible. Pourtant ils avaient raison de se battre...

Mais voilà que le moine les interrompt avec un cri étouffé :

— Grand danger, mes frères !

Chacun lève les yeux, puis se jette à plat ventre. Certainement lancée à la poursuite des paysans, une nouvelle troupe paraît. Elle est composée de soldats à cheval, l'un d'entre eux porte une oriflamme, haut levée.

— On a intérêt à vite s'éloigner, ajoute l'Étiré.

Les cavaliers se rapprochent, des fantassins

les suivent en courant. Tous s'arrêtent en plein champ, les cavaliers mettent pied à terre, afin de prendre quelque repos...

— Regardez ! fait Arnaud d'une voix étranglée.

Sa main désigne le drapeau des nouveaux venus : il porte en son milieu une flamme noire, le signe des Navarrais d'Enguerran de Créville !

9. L'auberge surprise

Olivier tend la main à son tour, il est devenu pâle.

— Regarde celui-là, souffle-t-il à Arnaud, c'est Enguerran de Créville en personne.

L'homme qu'il désigne se tient tête nue, les cheveux coupés ras. Il s'est dévêtu jusqu'à la taille, et un soldat asperge d'eau sa nuque épaisse et son torse puissant luisant de sueur.

— Es-tu sûr que ce soit lui ?

— Certain, répond Olivier, je ne l'ai vu qu'une seule fois, mais je ne suis pas près de l'oublier. Ce visage cruel, cette allure de brute.

— Tu m'as dit que ton père s'occupait de lui, et le voilà devant nous.

— Je ne peux te répondre, Arnaud. Mon père nous dira ce qu'il en est.

Arnaud sent sa poitrine se soulever ; il brûle d'envie de lancer son cheval au galop vers le capitaine pour l'abattre ; mais il se rend compte qu'il n'irait pas loin, que les gens de guerre le tueraient avant qu'il n'ait atteint son but : ils sont trop nombreux autour de leur chef. Il éprouve le même sentiment d'impuissance qu'en assistant au supplice de Guillaume Carle.

— Les brigands vont repartir, dit-il, je vais les suivre. Ils s'arrêteront bien quelque part la nuit venue, et alors je pourrai agir.

— Il ne faut pas, murmure Olivier, il ne faut pas le tuer. Je te le demande. Il est le seul à connaître un secret que ma famille doit absolument lui arracher. Comprends-tu ?

Sa voix s'est faite insistante ; Arnaud baisse la tête. Un grand combat se déroule en lui. Olivier l'a aidé, il est devenu son ami, comment ne pas en tenir compte. Pourtant, c'est à contrecœur qu'il répond :

— Soit, j'entendrai ton père avant de me décider.

— Et tu auras raison, mon neveu, ajoute Jean l'Étiré en poussant un soupir de soulagement. Souviens-toi de mes bonnes paroles d'apaisement.

Arnaud a un rire amer. Il reprend :

— Partons donc pour Paris.

— Le tout est d'y arriver, ajoute Basoche en se grattant la tête.

— Mais d'abord, continue Arnaud, je dois retirer ma sœur de son auberge, comme convenu. D'ailleurs la région n'est plus sûre du tout.

— Mes amis le sont, affirme Jean l'Étiré.

— Qu'importe, je serai plus tranquille de la savoir avec nous. Surtout qu'Olivier propose de l'accueillir dans sa famille. Isabeau doit se sentir bien seule ; elle a dit qu'elle refusait une trop longue séparation.

— Les filles parlent trop, ne peut s'empêcher de grogner le moine.

Ils partent, s'écartant avec prudence du groupe de Navarrais au repos. Arnaud laisse à regret Enguerran de Créville, mais il sait qu'un autre jour il le retrouvera.

Les quatre hommes chevauchent à travers champs, cherchant l'abri des bosquets et des haies, scrutant les alentours avec soin pour éviter toute mauvaise rencontre. Sur leur passage ils trouvent quelques maisons ouvertes, pillées, mais vides d'habitants.

À l'approche de Chantilly, ils découvrent que la ville est occupée par une troupe nombreuse, difficile à identifier. S'agit-il de

Navarrais, d'Anglais, ou de la suite d'un seigneur ? Quoi qu'il en soit, les soldats sont partout.

— Nous devons attendre la nuit pour approcher Isabeau, constate Arnaud.

Ils repèrent un coin tranquille, isolé, et s'installent. Les montures sont soigneusement cachées à l'écart.

Lorsque les rues se sont vidées et que les feux se sont éteints dans chaque maison, Arnaud se décide :

— J'y vais, dit-il. Accompagne-moi, Jean, tu connais l'endroit.

Le moine pousse un gros soupir, mais n'hésite pas.

— À tout à l'heure, fait Olivier, et bon courage.

L'un suivant l'autre, le neveu et l'oncle se glissent dans l'ombre vers l'auberge. Sans rencontrer âme qui vive, ils parviennent au portail ; celui-ci est ouvert, aucun chien ne signale leur arrivée.

Une grande cour est traversée ; les deux hommes avancent avec prudence, profitant de la présence d'arbres et de charrettes pour s'abriter au passage. Parvenus à la porte de l'établissement, ils la trouvent close.

— Aucune importance, souffle Jean l'Étiré,

nous pouvons passer par l'écurie. Avoue que je suis un homme bien utile.

Tous les deux longent le mur ; un peu plus loin, ils atteignent un lourd panneau de bois qu'il suffit de pousser pour s'introduire dans le bâtiment attenant à l'auberge. Celui-ci est aussi sombre que le fond d'un puits.

— Avance, Arnaud, souffle le moine, l'entrée intérieure se trouve sur la gauche, elle donne dans la grande salle de l'auberge.

— Entendu.

Le garçon entre, marchant à tâtons ; l'obscurité est profonde, sous ses pieds il sent de la paille. Et puis, un cheval s'ébroue ; à sa forte respiration répond le grognement de quelqu'un qui s'éveille avec peine. Une voix sourde demande :

— Qui va là ?

Arnaud a dû faire du bruit sans s'en rendre compte. Ou alors, l'Étiré. Tous deux reculent, tandis que d'autres voix se font entendre :

— Ho ! Que se passe-t-il ? Qu'on nous laisse en repos.

Il apparaît que l'écurie est pleine, et pas seulement d'animaux. Mais il est trop tard pour battre en retraite.

L'agitation se calme, hélas pour peu de temps : par malchance, Arnaud heurte un dormeur du pied. Celui-ci cherche à se dresser, instinctivement le garçon le frappe ; l'homme s'écroule, mais Jean l'Étiré hurle au même instant :

— À moi ! On m'attrape !

Arnaud veut lui venir en aide. Guidé par le son de sa voix, il le cherche dans l'obscurité, peuplée maintenant d'ombres debout qui s'agitent, se plaignent, crient aux armes.

À nouveau, Arnaud accroche quelqu'un du bout de ses orteils, à nouveau son poing heurte un visage levé, à nouveau une silhouette retombe en poussant un juron.

Où est le moine ? Impossible de le trouver. L'écurie entière résonne de tous côtés d'appels et de bruits confus. Et bientôt, comble de malheur, surgit la lueur d'une forte chandelle, tenue en main par un aubergiste effaré.

Oui, l'écurie est bien pleine ; des soldats en chemise l'ont transformée en dortoir. Arnaud aperçoit aussi Jean l'Étiré s'agitant à terre et serrant de toutes ses forces un fagot qu'il croit sûrement être un ennemi.

Arnaud se trouve au centre du bâtiment, entouré de soldats qui se lancent sur lui. Un croc-en-jambe bien appliqué le déséquilibre. Le garçon a beau se débattre, il n'arrive pas à se dégager, car ils sont six à l'agripper, au corps, aux bras, aux genoux... Bientôt il se retrouve étendu sur le sol, ligoté, à côté de son oncle que l'aubergiste a reconnu et tente de calmer :

— Arrêtez de vous battre, mon révérend [*], par pitié, ce ne sont que branches mortes.

— Que se passe-t-il, par le diable ?

D'autres soldats arrivent en hâte, il semble bien que la maison aussi en soit remplie. Un sergent se distingue parmi eux, mécontent d'avoir été brutalement réveillé. L'aubergiste lui explique que Jean l'Étiré est un digne moine bien connu de lui.

— Et celui-là ? demande le sergent en désignant Arnaud.

— C'est son neveu.

— Que fait-il dans cette écurie ? gronde le sergent. Et en pleine nuit encore !

— Il nous a frappés, répondent les deux soldats agressés durant leur sommeil.

D'autres proposent ni plus ni moins :

— On le traîne dehors, un bon coup de poignard, et on n'en parle plus.

— Pas si vite, réplique leur chef, nous avons massacré assez de gueux aujourd'hui. Attachez-moi ce moine ainsi que l'autre, et

[*] Titre honorifique donné à un religieux.

que chacun se rendorme. Demain, il fera jour, les seigneurs du château décideront qu'en faire. Et que Robin le Court aille monter la garde dehors, puisque ici on entre comme dans un moulin.

Tandis qu'un des soldats obéit, visiblement à contrecœur, Jean l'Étiré est ficelé à son tour des pieds aux épaules. Arnaud se tait, maudissant le sort.

Bientôt, les soldats regagnent leurs couches, qui dans les chambres à l'intérieur de l'auberge, qui dans la paille. L'aubergiste s'en va lui aussi, emportant sa lumière.

— Je suis fort désolé, murmure-t-il tristement au moine avant de s'éloigner.

Et en vérité, il en a l'air. L'obscurité se fait, le silence retombe.

10. Un coup sur la tête

De longues minutes passent ; la lune se montre, puis disparaît, avant de surgir à nouveau ; les fins nuages qui la cachaient glissent plus loin dans le ciel.

Une ombre prudente avance vers l'auberge, et s'arrête en apercevant un garde à l'entrée de la cour. Celui-ci fait les cent pas, une masse d'armes à la main, rêvant sans doute au tas de paille dans lequel il dormait si bien tout à l'heure.

L'ombre est celle d'Olivier ; le garçon n'a pas attendu le retour de son compagnon et du moine, il les a suivis dès le début en se dissimulant, prêt à leur porter secours, si besoin était. À distance, il a vu ce qu'il pouvait voir, et deviné le reste. Maintenant, il veut les délivrer.

Le garde le gêne, et il est difficile de s'en approcher sans se découvrir ; qu'à cela ne tienne, Olivier n'est pas à court de moyens. Il ramasse une pierre de la grosseur du poing, son bras plié se détend avec force, la pierre vole et frappe le visage du dénommé Robin le Court qu'elle étourdit un instant. Déjà Olivier bondit, attrape l'homme, le jette à terre ; Robin a lâché sa masse en tombant, Olivier s'en saisit et l'abat sur son propriétaire.

Il se redresse ensuite, écoute. L'attaque n'a fait que peu de bruit, le garde n'a pas eu le temps de vraiment crier. En tout cas, rien ne bouge, ni dans l'auberge ni dans ses dépendances.

Olivier reprend sa marche avec prudence, traverse la cour, approche lentement de l'écurie, se colle à la muraille. Il n'a pas d'autre solution que d'entrer pour rechercher Arnaud et le moine. « Au petit bonheur la chance », pense-t-il.

Avant la porte se trouve un groupe d'arbrisseaux. Le jeune homme va le dépasser lorsque deux bras levés en jaillissent, armés d'une bûche. À son tour, il reçoit sur la tête un grand choc qui le fait chanceler.

Il étouffe un cri de douleur. C'est une femme qui l'a frappé, sa main lâche le poignard qu'il avait déjà saisi.

La femme, ou plutôt la jeune fille, a aussi failli crier de surprise. Laissant tomber son morceau de bois, elle murmure d'une petite voix troublée :

— Chut, messire, et pardon, je vous avais pris pour un soldat.

— Je n'en suis pas un. Et vous, qui êtes-vous ?

— Je me nomme Isabeau, messire. Parlez bas, s'il vous plaît, un garde veille près du portail, derrière les charrettes. Et puis, allez-vous-en, je vous prie, il s'agit d'une affaire personnelle qui ne vous concerne pas.

Olivier sourit largement, en dépit de la douleur qu'il ressent au-dessus du front.

— Isabeau ! La sœur d'Arnaud. Je suis son ami. Et j'ai assommé le garde.

— Un ami de mon frère ! Quel bonheur ! Je comprends : vous veniez à son aide ! Les soldats l'ont surpris, et mon oncle aussi. Ils sont prisonniers.

— C'est ce que j'ai cru voir.

Ils se taisent un instant, prêtant l'oreille. Mais leur conversation chuchotée ne provoque aucune réaction.

— Merci pour le garde, continue Isabeau. L'aubergiste est un ami ; mon oncle, le moine, a tant dit de prières pour lui qu'il en a beaucoup de reconnaissance. Il est en train de le délivrer.

— Où cela ?

— Mon frère et l'Étiré se trouvent à l'écurie, l'aubergiste sait exactement l'endroit ; moi, j'étais chargée de surveiller le gardien dans la cour ; je suis forte, vous savez.

— Je m'en suis aperçu, et je pense conserver une belle bosse sur la tête, qui me fera penser à vous des jours durant. Quant au garde, je vous confirme qu'il est hors d'état de nuire.

— Bravo, messire. On peut y retourner alors. Suivez-moi.

Isabeau guide Olivier, l'introduit dans la grande salle de l'auberge à peine éclairée par une bougie minuscule. C'est là que surgissent, au même instant, Arnaud, puis l'aubergiste poussant Jean l'Étiré, tout juste éveillé à en juger par son allure.

Arnaud montre un visage émerveillé à la vue de sa sœur et d'Olivier, mais l'aubergiste presse son monde.

— Fuyez vite, murmure-t-il, et en silence. Mon révérend, priez pour moi, je vais en avoir besoin lorsque les soldats s'apercevront de votre fuite.

— Je prierai, promet le moine. Et s'ils vous pendent, je ferai dire des messes pour le repos de votre âme.

— Merci, mon révérend, mais j'aimerais mieux pas.

Jean l'Étiré se rend compte de sa maladresse. Il bredouille :

— Je plaisantais, mon ami, je plaisantais...

Dehors, Robin le Court gît toujours à terre ; il devrait rester dans cette position un bon moment encore. Les trois jeunes gens fuient à toutes jambes, Jean l'Étiré sur leurs talons.

Bientôt, ils regagnent l'abri où les attend Basoche tout heureux de revoir son maître.

Chacun s'embrasse :

— Voilà deux fois que tu me sauves la vie, dit Arnaud.

— Attends, réplique Olivier ; n'oublie pas l'aubergiste, ni non plus Isabeau ; elle y est aussi pour quelque chose.

La jeune fille sent ses joues devenir rouges, mais cela ne se voit pas dans l'obscurité.

— Quand vous êtes arrivé, messire, déclare Jean l'Étiré bien réveillé maintenant, je rongeais mes liens et j'étais près d'aboutir. J'avais repéré une hache avec laquelle je les

massacrais tous. J'en avais déjà mis quelques-
uns hors d'état de nuire avant qu'ils ne me
saisissent.

— Mon oncle, n'exagère pas. Avant qu'ils ne
te saisissent, tu te battais contre un fagot de
bois.

— Moi ! Un fagot ! Que non, c'était leur
capitaine ! Je l'ai fait passer de vie à trépas en
lui serrant le cou. S'il a pris l'apparence d'un
fagot une fois mort, ce n'est point de ma faute.

Ces mots offrent à Basoche une nouvelle
occasion de se signer, tout en murmurant :

— J'ai pensé tout de suite qu'il était un
diable. En voici la preuve.

Quant à Isabeau, malgré sa timidité, elle ne
peut s'empêcher de remarquer :

— Mon oncle, je croyais que l'Église disait :
« Tu ne tueras point. »

— Hum, répond le moine, sur le principe,
tu as raison. Mais le temps est passé où l'on
croyait qu'un chrétien devait refuser de se
battre... Aujourd'hui l'Église brûle ceux qui ne
pensent point comme il faut. Elle fait la
chasse aux incroyants, défend la veuve et l'or-
phelin. Arnaud et toi, vous êtes, hélas, orphe-
lins, je dois donc vous défendre.

L'argument est sans réplique.

Ils repartent tous les cinq sans attendre le

jour. Isabeau se tient derrière son frère, tous deux pleins de joie de s'être retrouvés. Et leur monture, habituée à porter de lourds gaillards revêtus d'une imposante armure, ne semble pas souffrir de sa double charge.

— J'étais si triste toute seule, murmure la jeune fille, je n'arrive pas à oublier nos malheurs.

Le moine, tout en chevauchant, égrène des prières pour que la suite de leur voyage ne comporte plus aucune mésaventure. Il demande au ciel qu'aucune patrouille de qui que ce soit ne les arrête avant leur arrivée à Paris...

L'entendant marmonner, Olivier crie qu'ils ne risquent plus rien, puisqu'une fée bienfaisante les guide à présent. Ce qui donne à Isabeau l'occasion de rougir une deuxième fois.

11. Quelques explications

Messire de Charonne, marchand de fourrures et de tissus, père d'Olivier, siège ce jour-
là au conseil convoqué par Étienne Marcel à
la maison aux Piliers, place de Grève.

Le prévôt des marchands est un homme
dans la force de l'âge, quarante-deux ans, et
d'allure imposante ; il a su jusqu'alors diriger
Paris d'une main ferme, prendre de bonnes et
courageuses décisions : une fois le roi Jean prisonnier, il a fait fortifier sa ville afin de résister à une éventuelle attaque anglaise ; ennemi
de la monarchie absolue, il a réclamé le
contrôle des décisions royales par le peuple,
réuni lors des états généraux du royaume.
Une revendication toute nouvelle, qui a séduit

nombre de gens et en a épouvanté d'autres. Aujourd'hui, le Régent, fils du roi, est en guerre ouverte contre lui.

— Nous n'avons plus qu'une seule ressource, affirme Étienne Marcel, c'est de nous en remettre à Charles de Navarre. Je propose qu'il soit nommé capitaine général de Paris...

Un silence pesant accueille cette déclaration qui est loin de plaire à tous. Ensuite, un échevin rappelle combien le Navarrais est dangereux, prêt à trahir tout le monde pour servir ses intérêts propres :

— Vous le savez, messires, aujourd'hui encore on l'accuse de négocier en cachette avec nos ennemis anglais.

Un autre conseiller ajoute que Charles de Navarre a réprimé la révolte des paysans d'une façon inhumaine.

Le prévôt l'interrompt en rappelant le massacre des bourgeois à Meaux ; la tuerie des Jacques l'indigne, mais la situation est grave, Paris presque encerclé, la province hostile :

— Seul Charles de Navarre possède la popularité nécessaire pour réunir le plus grand nombre autour de sa personne, et assurer notre sécurité menacée par le Régent qui ne rêve que de nous détruire.

La voix d'Étienne Marcel s'est faite dure,

nul n'ose s'opposer ce jour-là à l'autorité du maître de Paris.

Lorsque la séance du conseil se termine, messire de Charonne revient en son hôtel, la mine préoccupée.

Une heureuse surprise l'attend, le retour d'Olivier. Le marchand lui ouvre grands ses bras :

— J'ai tant eu peur pour toi, s'exclame-t-il, en apprenant la triste bataille de Meaux ! Et te voilà, j'allais dire : sans plaie ni bosse, si je ne voyais cette grosseur sur ton front, et de belle taille encore.

— Cette bosse ne me fait point souffrir, au contraire.

— Ah...

Le marchand reste un instant étonné, mais Olivier lui présente Arnaud et son oncle, sans oublier Isabeau :

— Je vous ai parlé d'eux, mon père. Arnaud poursuit Enguerran de Créville et veut le tuer ; c'est lui qui conduisait les brigands qui ont assassiné ses parents. J'essaye de l'en dissuader, et je lui ai promis que vous lui expliqueriez pourquoi.

— Tu as bien fait... Va embrasser ta mère, Olivier, nous nous retrouverons ensuite.

Après avoir pris une rapide collation, tous

se rendent dans le cabinet de messire de Charonne, à l'exception du valet Basoche. Le marchand s'assied à sa place habituelle derrière son bureau et invite chacun à s'installer. Même Isabeau, qui est une jeune fille, exclue de toute conversation sérieuse d'après les usages du temps.

Il prend alors la parole :

— Comme tu peux le constater, Arnaud, nous sommes d'une famille de marchands. Moi, je fais commerce de fourrures et de riches étoffes, et mon frère fabrique et vend de la farine. Seulement, à son métier, mon frère ajoute une passion pour les pierres précieuses et les bijoux d'Orient. C'est ainsi qu'il a acheté, voilà longtemps, trois rubis superbes, énormes et d'une limpidité parfaite. C'est un chevalier qui les lui a vendus à Jérusalem où mon frère s'était rendu en pèlerinage. Je dois ajouter que l'existence de ces rubis est connue de beaucoup d'amateurs qui rêvent de les posséder. Me suis-tu, Arnaud ?

— Je vous suis, messire, sans vous comprendre encore parfaitement.

— Cela va venir, laisse-moi continuer. Donc, voilà deux ans à peu près, mon frère conduisait des convois de farine pour l'armée de notre roi Jean. Ce fut alors la malheureuse bataille de Poitiers. Comme le roi Jean, mon frère y a été fait prisonnier, par un noble anglais, le comte de Lester, qui en a demandé rançon. Ce comte savait mon frère possesseur des trois rubis dont je viens de te parler, et il les a réclamés en échange de sa liberté. Mon frère n'a pu faire autrement qu'accepter le marché. C'est moi qui ai remis les rubis à un serviteur de confiance, pour qu'il aille les porter à Lester qui demeure à Bordeaux. Hélas, Enguerran de Créville a appris la chose de la bouche d'un valet malhonnête, et il a rattrapé le serviteur en chemin. Il l'a tué et a récupéré les joyaux.

L'histoire reste encore obscure pour Arnaud ; le marchand y apporte des précisions :

— Tu dois savoir deux choses. La première, c'est que le comte de Lester est un original, un obstiné, un fou... Il refuse toute autre rançon que ces trois rubis, et menace d'exécuter mon frère s'il ne les obtient pas. J'ai réussi à faire reculer l'échéance, mais la date ultime annoncée par le comte arrive à expiration dans trois mois. La deuxième chose, c'est que j'ai rencontré Enguerran de Créville au début de l'affaire. Il a nié s'être emparé des pierres précieuses. Depuis, il a disparu, jusqu'à aujourd'hui. Pourtant je suis certain qu'il est bien le voleur.

Arnaud a maintenant compris, c'est même lui qui conclut :

— Donc, messire, vous voulez Enguerran de Créville vivant pour retrouver vos rubis grâce à lui, de gré ou de force. Ce qui vous permettrait de les faire porter au comte anglais qui détient votre frère. Et tout cela, avant trois mois.

— Exactement, Arnaud, je n'aurais su mieux dire.

Au tour d'Olivier de prendre la parole :

— Mon père, lorsque je suis parti avec les Parisiens, vous deviez vous occuper d'Enguerran. Puis-je vous demander ce qu'il en est ? Nous avons vu le Navarrais en campagne avant de revenir à Paris.

— Tu as raison : la compagnie de Créville est allée avec le roi de Navarre à la chasse aux Jacques. Un de mes espions doit me prévenir dès son retour dans la région parisienne. Je compte alors faire enlever le capitaine.

— Et comment, mon père ?

— Je ne sais encore exactement, mais je réfléchis à plusieurs possibilités.

— Pardonnez-moi, messire, interrompt Arnaud, je suis prêt à vous aider, si vous acceptez mon concours. Plus vite vous aurez fait parler le capitaine, et mieux ce sera pour moi.

Une discussion s'engage ; messire de Charonne indique son souci de prudence : conseiller d'Étienne Marcel, il ne peut s'attaquer directement au capitaine navarrais, puisque les Navarrais sont les alliés choisis par le prévôt des marchands. C'est ainsi que ses grisons * ne pourront participer à l'enlèvement. L'offre d'Arnaud est la bienvenue, mais insuffisante ; le marchand dit qu'il faut s'assurer le concours d'une dizaine de mercenaires choisis à l'extérieur.

— Où les trouverez-vous ? demande Arnaud.

— Basoche va s'en occuper. Il a connu assez d'individus louches, avant de devenir le valet d'Olivier, pour ne pas avoir conservé quelques amis parmi eux. Je les payerai pour qu'ils perdent la mémoire une fois l'opération réussie ; d'ailleurs, personne ne leur dira pour qui ils travaillent.

Isabeau écoute de toutes ses oreilles, troublée par ces nouveautés entrées dans sa vie,

* Domestiques appelés ainsi en raison de leur costume (une livrée) de couleur grise.

la belle maison de messire de Charonne, la présence d'Olivier, l'évocation de bijoux fabuleux venus de Palestine...

— Je pourrai vous aider aussi, messire, annonce Jean l'Étiré au marchand. Je ne manque point d'idées, de ressources, d'imagination...

Le moine étire sa longue taille, un peu à la façon dont s'y prennent les paons pour faire la roue. Ce qui l'empêche de remarquer les regards étonnés que lui jettent ses compagnons.

12. Rencontre

Basoche s'en va le long des rues, ruminant des souvenirs du temps où son ventre lui pesait moins qu'à présent. Ce n'est pas de gaieté de cœur qu'il a accepté la tâche confiée par messire de Charonne, recruter d'anciennes connaissances pour une dangereuse besogne. Lui essayait plutôt d'oublier son passé d'étudiant miséreux, plus préoccupé de trouver de quoi manger que de suivre des cours de médecine.

Basoche chemine donc, à la recherche des crieurs de vin, qui parcourent la ville le jour durant, agitant une sonnette et vantant aux passants la qualité des boissons qu'on trouve dans les tavernes. Ce sont eux qui connaissent le mieux Paris et ce qui s'y passe.

Pas de chance, les crieurs de vin ne lui annoncent que de mauvaises nouvelles : Crâne-Dur est en prison, le Jardinier et le Tordu ont disparu, maître Brise-Fer s'est longtemps balancé au bout d'une corde sous le gibet de Montfaucon, dressé près du quartier du Temple. Donc plus question de compter sur lui non plus.

Pendant ce temps, Isabeau et Arnaud se sont installés à l'hôtel de messire de Charonne. Isabeau est au service de l'épouse du marchand, dame Marguerite, une personne bonne et discrète. Arnaud passe le plus clair de son temps à apprendre comment se servir d'une épée sous la direction d'Olivier.

Ce dernier l'abandonne pourtant régulièrement sous des prétextes divers. Et dame Marguerite remarque avec plaisir que son fils vient lui rendre visite plus souvent que de coutume. Elle ne se fait pourtant guère d'illusions là-dessus. Le marchand non plus, il plaisante avec son épouse :

— Si la jeune Isabeau s'occupait du jardin, je pense qu'Olivier s'intéresserait beaucoup à la pousse des fleurs et des légumes.

Pourtant, Arnaud et Olivier trouvent le temps de courir à cheval autour de Paris à travers la campagne. Arnaud réalise de grands progrès en équitation, comme dans le maniement des armes.

Lorsqu'ils reviennent en ville, les deux jeunes regardent parfois machinalement autour d'eux, croyant apercevoir le louche balafré qui leur avait jadis cherché noise. Mais ce dernier a disparu, sans doute occupé par d'autres méchantes besognes.

Quant à Jean l'Étiré, il guette le retour à Paris de Charles le Mauvais et de ses troupes, retour imminent, semble-t-il.

Enfin, Basoche fait une bonne rencontre. Tandis qu'il erre dans le Quartier latin de sa jeunesse, il croise un des mendiants que la ville de Paris compte, hélas, par centaines et centaines. Celui-ci est vêtu d'un large manteau en lambeaux, et porte des béquilles pour remplacer une jambe manquante ; un bandeau couvre l'un de ses yeux, sa figure est striée de marques rouges, signe évident d'une grave maladie.

Le valet n'y prête guère attention, mais le mendiant l'interpelle joyeusement :

— Tiens donc, ce brave Basoche !

Le valet reste interloqué, tandis que l'autre reprend :

— D'accord, tu ne peux me reconnaître. Souviens-toi du Matois*.

Basoche lève les bras au ciel :

— Par Dieu, ce que tu as changé !

— Pas tant que cela, ami. Suis-moi à distance.

Et le mendiant entraîne le valet jusqu'à une ruelle obscure, où les étages des maisons, mal bâties et malpropres, semblent se toucher d'un côté à l'autre. Tous les deux entrent dans un cabaret borgne.

Une fois la porte refermée, le Matois change d'allure en un instant. Il rejette son manteau et ses béquilles, arrache le bandeau de son œil, et, d'un coup de chiffon tiré de sa poche, efface les souillures marquant son visage. Il a retrouvé comme par miracle sa deuxième jambe, jusqu'alors cachée par ses vêtements :

— On va boire un coup, Basoche, et discuter. Que deviens-tu ?

Le valet a retrouvé ses esprits ; il se dit que cette rencontre est peut-être providentielle, car jadis il a rendu quelques services au Matois. Ce dernier doit lui en garder de la reconnaissance. Il répond :

* Rusé. Au Moyen Âge ce mot signifiait : venu d'une réunion de voleurs.

— Je ne deviens rien de particulier, je vis au jour le jour, recherchant des affaires juteuses. Tiens, ça tombe bien, j'en ai une en vue aujourd'hui, et je peux te la proposer, avec beaucoup d'or à la clef. Mais il faut dix hommes sûrs pour la mener à bien. Moi, je n'en dispose pas.

Le Matois siffle entre ses dents gâtées pour montrer tout l'intérêt qu'il porte aux paroles de son compagnon :

— Tu as de la chance, Basoche, je suis maintenant un cagou, c'est-à-dire un lieutenant de la confrérie des Gueux *, et je peux te trouver autant d'hommes que tu le désires, et des meilleurs. Parle, j'ai confiance en toi.

Basoche rayonne, boit du vin, donne des explications : les dix hommes devront enlever un soldat, pas n'importe lequel, le chef d'une compagnie de brigands ; mais on leur mâchera la besogne en trouvant pour eux une occasion favorable.

— Ça me va, approuve le cagou, je marche avec toi. Tu peux me rencontrer ici tous les soirs ; dès que ton affaire est prête, tu me fais signe.

* Célèbre association de malfaiteurs.

Une tape vigoureuse, main de l'un contre main de l'autre, scelle l'accord.

Basoche regagne l'hôtel de messire de Charonne à pas précipités. Il va rendre compte du résultat heureux de sa mission au marchand de fourrures. Ce dernier le félicite, non sans manifester quelque inquiétude :

— Un cagou, un lieutenant de la confrérie des Gueux... Faisons attention, les Gueux sont des personnages plus que dangereux, des bandits véritables, nombreux, organisés, qui ne reculent devant rien. On en pend un, et dix autres ressuscitent. Tant pis, on fera avec, mais encore une fois il faudra se méfier.

Et voilà qu'arrive à son tour Jean l'Étiré, à grand bruit, la mine excitée :

— Messire ! s'exclame-t-il, je vous apporte enfin la nouvelle tant attendue : le Mauvais est arrivé à Paris ! Fort discrètement, mais sans pouvoir mettre ma vigilance en défaut. J'ai voulu être le premier à vous annoncer la chose.

Messire de Charonne ne peut s'empêcher de sourire :

— Merci, mon ami, j'ai vu moi-même Charles de Navarre à Saint-Ouen ce matin. Il a accepté le titre de capitaine général que lui offrait Étienne Marcel.

L'Étiré fait la grimace, blessé dans son amour-propre. Le marchand lui demande d'aller chercher Olivier et Arnaud.

— Ils doivent s'entraîner dans la salle d'armes.

Les jeunes gens arrivent aussitôt ; messire de Charonne leur expose son plan :

— Nous pouvons agir sans attendre, puisque Basoche nous a trouvé des mercenaires. Demain, le roi de Navarre va haranguer la foule, place de Grève. Enguerran de Créville et ses hommes font partie de ses gardes. Ce sera peut-être pour nous l'occasion d'intervenir. Reste à nous organiser, le temps presse tout à coup.

13. L'occasion manquée

Le soir même, Arnaud accompagne Basoche au Quartier latin pour y rencontrer le Matois. L'homme est un peu surpris de voir son ancien camarade réapparaître si vite, mais il lui renouvelle son accord, avec d'autant plus de conviction qu'Arnaud fait sauter dans sa main une bourse emplie de pièces d'or.

Le lendemain matin, les Parisiens se pressent en masse sur la place de Grève, une foule houleuse, où les opinions les plus contraires s'échangent. Les uns affirment que seul le roi de Navarre peut sauver Paris, comme le déclare le prévôt ; d'autres ne lui font pas confiance et préféreraient une réconciliation avec le Régent. Ce qui soulève l'indignation de ceux qui rappellent haut et fort le massacre de Meaux...

Le Matois est venu lui aussi place de Grève, à la tête de dix de ses hommes, vêtus de costumes bourgeois, et le chaperon rouge et bleu sur la tête, comme beaucoup. Ils sont prêts, des chevaux les attendent en prévision de l'enlèvement du capitaine navarrais.

Mais, pour l'instant, Enguerran de Créville n'est visible nulle part. Arnaud a beau chercher, secondé par Basoche et par Jean l'Étiré.

Les personnalités se montrent bientôt aux fenêtres de la maison aux Piliers, le temps des discours est arrivé. Étienne Marcel vante les mérites du Mauvais. Charles de Navarre annonce qu'il accepte le titre de capitaine, fait le serment de défendre la capitale, ou bien de mourir à la tête de ses habitants.

Le sort en est jeté, pourtant des remous secouent toujours la foule partagée.

Lorsque la manifestation se termine, tandis que les Parisiens commencent à se disperser, Engueran de Créville paraît enfin à la tête d'un détachement de sa compagnie. Les soldats amènent la monture que le Mauvais va chevaucher pour rentrer chez lui. Le capitaine est bien reconnaissable à son visage dur et à sa large stature. Sur un signe d'Arnaud, le Matois se rapproche de lui.

— Voilà notre homme.

Le cagou regarde, fait la grimace, avant d'annoncer :

— Impossible de l'attraper maintenant, messire, il est trop entouré. On va le suivre et trouver une autre occasion. Rendez-vous ce soir dans mon cabaret, je vous dirai où nous en sommes. Ah, vous pouvez m'apporter un peu d'or supplémentaire, le gibier étant plus coriace que prévu.

***

Il semble à Isabeau qu'elle est en train de vivre un rêve. Comme le village est loin, avec ses durs travaux, du matin au soir, la maigre soupe, le jardin, les bêtes, les vêtements à laver dans l'eau souvent glacée, le bois et les racines à ramasser dans la forêt en compagnie des autres filles. Malgré son chagrin, même les images de son père et de sa mère commencent à s'estomper dans sa mémoire. Comme celle de Thomas, son premier amoureux, auquel elle aimait penser autrefois. Tout est si différent à l'hôtel de messire de Charonne, dame Marguerite est bonne, les besognes légères. Isabeau découvre l'aisance, elle mange tous les jours à sa faim, porte des vêtements sans déchirures et dort dans un vrai lit... Et puis, il y a Olivier, le héros venu par deux fois au secours de son frère. Au début, elle était gênée lorsqu'il surgissait, vif et joyeux, sans cesse à raconter des histoires pour la faire rire. Peu à peu, elle s'habitue, elle attend même son arrivée avec une impatience qu'elle ne veut pas s'avouer ; le soir, lorsqu'elle se retrouve seule, les images de la journée lui reviennent, elle sourit dans l'obscurité avant de s'endormir.

Peu de jours après la manifestation populaire place de Grève, Olivier vient un matin saluer sa mère, avec un visage plus sérieux que de coutume. Il annonce qu'une nouvelle occasion se présente pour s'emparer d'Enguerran de Créville. Cela devrait se passer durant une grande bataille entre les Parisiens et les soldats du Régent.

— Nous faisons confiance au Matois. Cette fois, ils sont plus de vingt sous ses ordres. Arnaud sera au côté du cagou, moi je resterai en arrière avec les chevaux, afin de conduire notre prisonnier en lieu sûr. Je pars tout de suite.

— Dieu te garde, fait dame Marguerite.

Et Isabeau, sans le vouloir, ne peut s'empêcher d'ajouter :

— Vous parlez de bataille : faites bien attention à vous, messire, et dites la même chose pour moi à mon frère.

Olivier rayonne. Si Isabeau le lui demandait, il serait prêt à s'emparer seul de toute la compagnie du capitaine navarrais.

— Ne craignez rien, Isabeau, nous reviendrons sains et saufs, l'un comme l'autre. Arnaud a voulu vous voir avant son départ, mais vous dormiez encore, m'a-t-il dit.

En vérité, ils sont quinze mille Parisiens à avoir quitté leur cité en direction de la plaine de Brie, qui s'étale entre la Marne et la Seine. Une levée en masse, car la famine devient réelle chez les plus pauvres ; le pain commence à manquer ; et les bourgeois les plus riches se plaignent plus fort encore, parce que les soldats du Régent brûlent leurs maisons de campagne, bâties aux alentours de la ville. Paris est maintenant pratiquement encerclé.

Charles le Mauvais chevauche en tête des Parisiens, puisqu'il est devenu leur capitaine. Il est entouré de ses Navarrais, le pennon à la flamme noire d'Enguerran de Créville se mêle aux oriflammes d'autres compagnies. Les hommes du Matois suivent à cheval. Le cagou demande à Arnaud :

— Vous tenez vraiment à le capturer vivant, votre capitaine ? Je peux le faire abattre d'une flèche, dès que la mêlée commencera. Ni vu ni connu...

— Impossible ! On fait comme prévu, vos hommes l'enveloppent et s'en emparent.

— Vite dit, messire, il faudra une occasion.

— À vous de la trouver.

Le cagou soupire.

— Heureusement qu'on est bien payés sur ce coup-là.

La marche se poursuit ; soudain, la masse des Parisiens ralentit son allure. Un frémissement traverse la troupe : l'ennemi est en vue. Charles le Mauvais arrête sa monture, tous s'immobilisent à son exemple.

Un drapeau à fleur de lys flotte au vent à peu de distance. Le Régent est aussi à la tête de ses soldats.

Le Matois fait resserrer ses hommes autour de lui. Ce sont les meilleurs de sa bande, les plus hardis, les plus habiles.

Charles le Mauvais donne un ordre. Les Navarrais qui l'accompagnent se déploient en file et forment comme un mince barrage devant les Parisiens.

— Je ne comprends pas ce mouvement, murmure Arnaud, il risque plutôt de nous gêner.

Il y a sûrement anguille sous roche, mais, en attendant, la manœuvre arrange le Matois, car Enguerran de Créville galope et va s'installer à l'extrême gauche des Parisiens. Une petite poignée de Navarrais seulement l'accompagne.

— Ça devient plus facile, jubile le cagou des Gueux.

Adroitement, il se faufile parmi la troupe afin de se trouver au plus près du capitaine, à peine séparé de lui par quelques rangs de soldats.

— Dès que ça commence à chauffer, on y va, annonce-t-il à Arnaud, qui l'a suivi, comme ses hommes.

Arnaud l'approuve, et envoie Jean l'Étiré à l'arrière prévenir Olivier de se tenir prêt.

Seulement, il se produit un événement imprévu. Le Régent fait avancer son cheval en direction des bourgeois de Paris. Il est seul, bien assuré sur sa selle en dépit de son allure frêle.

Charles de Navarre joue des éperons pour aller à sa rencontre. Les deux hommes s'arrêtent l'un près de l'autre, se saluent avec gravité et engagent une conversation que personne n'entend.

L'étonnement atteint son maximum parmi les Parisiens. Que se passe-t-il ? La conversation se prolonge, puis les souverains se séparent après un autre salut, regagnant chacun son camp.

Et le Mauvais ordonne la retraite !

La colère éclate parmi la troupe bourgeoise : le roi de Navarre refuse de combattre, il a donc fait alliance avec le Régent ! Des cris jaillissent : « Trahison ! », un remous secoue la foule, tandis que les Navarrais du premier rang font tourner leurs montures et commencent à refouler les récalcitrants, qui, eux, vont à pied. Leur manœuvre de tout à l'heure ne devait rien au hasard, la rencontre des deux princes était bien prévue !

Le Matois prend un coup de sang. Il gronde :

— On ne va pas repartir bredouilles une nouvelle fois !

Arnaud n'a pas le temps de dire quoi que ce soit, déjà le cagou lance ses hommes vers Enguerran de Créville.

— Allons-y, les gueux !

Arnaud ne peut que suivre.

14. Adieu, le Matois

Les chevaux sont quelque peu ralentis au passage par les Parisiens serrés devant eux ; ils franchissent cependant l'obstacle. Le Matois a préparé son coup avec soin, il mise sur l'effet de surprise et sur la rapidité de sa manœuvre.

Enguerran de Créville, l'air détendu, est revêtu d'une simple tunique de mailles, sans pièces de métal sur la poitrine et le dos, la visière du casque relevée. L'attaque le surprend à moitié : des cavaliers s'élancent sur les soldats qui l'entourent, quatre se précipitent dans sa direction, tenant deux à deux des cordes tendues.

Il a le réflexe de courber le dos et de s'arc-bouter sur sa selle. Une des cordes accroche pourtant son bras, le tire de côté ; il ne peut se retenir et glisse à terre en jurant. Les quatre cavaliers virevoltent et le pressent.

— On le tient ! hurle le cagou. Attrapez-le !

Facile à dire : le capitaine s'est relevé d'un bond, il en faut plus pour l'abattre ! Son épée frappe le premier cheval à sa portée, l'animal s'écroule, entraînant dans sa chute l'homme qui le monte. Un nouveau coup atteint un deuxième cheval.

Autour de lui, l'escarmouche ne tourne pas exactement comme le Matois l'aurait voulu. Trois ou quatre soldats sont mis hors de combat, mais d'autres se défendent. Et voilà que des renforts du Navarrais arrivent à toute allure. Arnaud sent la partie perdue ; il a bien joué de son épée, comme Olivier lui a appris à le faire, hélas, cela n'a pas suffi. Le garçon crie à contrecœur :

— Retraite !

Et le Matois, furieux, fait signe aux siens d'obéir.

Arnaud fuit, tête penchée sur l'encolure de sa monture. Près de lui le Matois manque de chance, le bras d'un poursuivant l'agrippe avec force. À son tour de vider les étriers, et de se retrouver à terre.

Son cheval se sauve, le cagou voudrait en faire autant. Il se remet sur ses jambes, mais des Navarrais sont sur lui, le saisissent et le désarment. Il a juste eu le temps de frapper l'un d'entre eux d'un grand coup de poignard.

L'affrontement n'a que peu duré, et il n'a guère été remarqué dans le désordre qui a suivi la décision de Charles de Navarre. Les Parisiens sont toujours furieux de ne pas se battre ; ils reculent, mais les cris de trahison n'ont pas de cesse.

Les soldats navarrais conduisent le Matois à l'écart, devant leur capitaine qui le fixe d'un œil dur et l'interroge :

— Qui es-tu, toi ? Je ne te connais pas.

Le cagou se tait, lèvres serrées.

— Très bien, fait alors Enguerran de Créville. Je compte jusqu'à trois et on te tue. Un...

Le Matois tressaille de tous ses muscles. Une épée se lève devant lui.

— Deux.

— Je m'appelle le Matois, et je suis lieutenant de la confrérie des Gueux. Ils sont puissants, vous devez le savoir, et me vengeront si vous touchez un seul cheveu de ma tête.

— Un cagou, tiens donc. Et pourquoi voulais-tu m'enlever ? Car c'est bien d'un enlèvement qu'il s'agit ; je connais cette façon d'opérer à l'aide de cordes : on te jette à bas de ton cheval, et hop, on t'attrape à terre, et on t'attache.

Le capitaine a un petit rire cruel en ajoutant :

— Je répète ma question : pourquoi voulais-tu m'enlever ? Ou plutôt : pour qui travailles-tu ?

Le Matois baisse la tête :

— Je ne peux le dire. On est honnête dans le métier.

Cette fois, Enguerran de Créville rit à gorge déployée :

— Honnête ! Qu'est-ce qu'il ne faut pas entendre ! Allez, on recommence. Je compte. Un !

À nouveau une lame d'épée se dresse devant les yeux du cagou. Ses nerfs lâchent, il s'empresse de répondre, et avec précipitation encore :

— Je ne sais exactement pour qui je travaille. L'homme est jeune, il s'appelle Arnaud. Je l'ai fait espionner, c'est l'ami du fils d'un marchand.

— Comment se nomme ce marchand ?

— Je ne me souviens plus très bien. Quelque chose comme Charonne.

Le visage du capitaine devient sombre, ses

poings se crispent, une grosse colère lui monte au cerveau.

— Tu as bien entendu, cagou, c'est bien Charonne. Merci de cette précision ; et maintenant, adieu, bandit. Qu'on le tue !

La lame de l'épée se dresse encore, et cette fois s'abat sans retenue. Enguerran de Créville ne jette même pas un regard sur le cadavre. Il gronde entre ses dents. L'affaire des rubis lui revient en mémoire, il la croyait oubliée depuis longtemps... Ah, non, Charonne n'allait pas l'embêter maintenant ! Il fallait lui montrer sans attendre qu'on ne pouvait attaquer sans dommage un capitaine du roi de Navarre. Ses hommes vont se mettre en chasse pour tout savoir sur le marchand, sa famille, sa situation présente. A-t-il changé d'habitation, sort-il souvent, combien de domestiques le servent ? Le cagou a aussi parlé d'un ami de son fils, l'organisateur du guet-apens. On ne l'oubliera pas non plus, celui-là...

Pendant ce temps, Arnaud rejoint Olivier. Il a vu le cagou tomber, l'échec de l'opération est inscrit sur son visage ; il le confirme par une plaisanterie un peu triste :

— Nous espérions capturer Créville, et je

crois bien que c'est Créville qui a capturé le Matois.

Olivier pousse un soupir ; Arnaud reprend d'un ton confiant :

— On finira bien par réussir, d'une façon ou d'une autre. Notre affaire se présentait si bien, qui pouvait prévoir cette nouvelle infamie du Mauvais ? Le voilà à présent qui trahit Étienne Marcel et s'entend avec le Régent.

Les chevaux reprennent au trot le chemin de Paris.

15. Dans Paris agité

Messire de Charonne apprend avec une déception profonde l'échec de la tentative d'enlèvement d'Enguerran de Créville. Il ne s'inquiète pas de la prise du cagou, croyant que ce dernier n'avait jamais su pour qui il travaillait. Le temps presse, son frère est chaque jour davantage en danger...

Sa décision est vite prise ; il fait venir Olivier et Arnaud.

— Que faire ? demande-t-il. Trouver d'autres mercenaires pour remplacer le Matois ? Cela est peut-être possible, mais notre Navarrais doit se tenir désormais sur ses gardes ? L'attaquer sera encore plus difficile.

— Et alors ? interroge Olivier.

À la fois gêné et résolu, le marchand répond qu'il songe en dernier recours à prendre contact avec Créville pour essayer d'obtenir des renseignements à n'importe quel prix. Il faut absolument savoir ce que sont devenus les joyaux volés.

— Je ne vois plus aucun autre moyen d'opérer pour sauver la vie de mon frère. Celui qui le garde en otage est un homme impitoyable. Un fou. Rien ne le fera changer d'avis, rien ne remplacera les rubis pour lui.

Il se fait un lourd silence, bientôt rompu par Arnaud dont le visage est devenu sombre :

— Je vous comprends, messire, mais que devient ma vengeance ?

— Je ne peux agir autrement.

Que dire ? Chacun voit le problème à sa façon.

Les jours qui suivent ne sont pas drôles pour Arnaud. Il évite de se trouver en présence du marchand, et même d'Olivier, qui ne sait quelle attitude adopter face à son ami. Il réfléchit longuement, lui aussi, se demandant comment réagir. Quitter l'hôtel ? Et que deviendra Isabeau ? Renoncer à punir le Navarrais ? Il a toujours devant ses yeux l'image de ses parents assassinés dans la clairière...

En cette fin de matinée, Jean l'Étiré rentre d'une course dans Paris, pâle et troublé. Il raconte en reprenant son souffle :

— Arnaud, c'est ta sœur qui m'avait demandé de lui acheter des rubans. Sais-tu qu'elle devient coquette, je me demande bien pourquoi, mais tu devrais la surveiller davantage. Bref, à quel spectacle ai-je assisté sur mon chemin ? Tu ne devineras jamais : à une véritable bataille rangée entre des bourgeois en armes et des mercenaires étrangers, des Anglais, oui. D'où sortent-ils, ceux-là ? Ils étaient des dizaines, les Parisiens criaient : « Dehors, les brigands ! » Je n'ai eu que le temps de fuir, dignement, mais en courant tout de même...

Arnaud se renseigne. Il apparaît que le roi de Navarre a fait croire à Étienne Marcel que sa prétendue réconciliation avec le Régent n'était qu'une comédie pour éviter une bataille perdue d'avance, comme à Meaux. Pensant accroître ses forces, le prévôt a même accepté de faire entrer à Paris des compagnies de mercenaires, ceux-là mêmes qui s'en prennent aux paysans dans les campagnes.

Les Parisiens ne comprennent pas, ils se

révoltent, refusant la présence des mercenaires. Ils les chassent hors de la ville dès qu'ils en rencontrent un groupe. Les batailles de rue sont fréquentes.

Olivier disparaît durant deux jours. Il accompagne Étienne Marcel qui va chercher de la farine aux moulins de Corbeil tenus par l'ennemi. Des escarmouches opposent Parisiens et soldats du Régent ; Olivier revient sain et sauf, au grand soulagement d'Isabeau... sans parler de celui de ses parents.

Les démarches du marchand portent leurs fruits. Comme il l'avait annoncé, il a repris contact avec Enguerran de Créville. Cela a été facilité par la présence à Paris des compagnies navarraises jusqu'alors cantonnées à Saint-Denis. Des grisons de messire de Charonne se sont rendus à la tour de Nesle où séjournent le roi de Navarre et les siens. Après quelques démarches, le capitaine a accepté un rendez-vous avec Olivier, au cimetière des Innocents. Il voulait d'abord qu'Olivier se rende directement à la tour de Nesle, mais le jeune homme a refusé, craignant un piège.

C'est Isabeau qui tient Arnaud au courant de ces négociations ; Olivier ne lui cache rien.

— Qu'en dis-tu ? demande-t-elle à son frère.

Un rendez-vous, le soir, dans un cimetière :
c'est peut-être aussi dangereux que la tour ?

— Il faut bien un endroit...

— C'est ce que pense Olivier. Il n'a pu faire
autrement que de donner son accord.

Arnaud tente de rassurer sa sœur, mais lui
non plus n'a pas confiance. Sans rien dire à
personne, il décide de suivre Olivier, de la
même façon que ce dernier l'avait suivi lorsqu'il était parti chercher Isabeau dans une
auberge de Chantilly.

Sur la place de Grève se tient un grand ras-
semblement : Étienne Marcel et le roi de
Navarre font face à des milliers de Parisiens
en colère et tentent de leur expliquer pourquoi
ils ont laissé entrer des Anglais à Paris. Les
Parisiens ne veulent rien entendre.

Arnaud fend la foule, soucieux de ne pas
perdre de vue Olivier qui traverse la manifestation pour se rendre au cimetière.

Il y a moins de monde que d'habitude aux
Innocents ; les petits commerçants ramassent
déjà leurs marchandises, car les lieux deviennent moins sûrs au fur et à mesure que le soir
approche. Et l'agitation de la ville ne favorise
pas le commerce par-dessus le marché.

Olivier cherche l'endroit précis de sa rencontre parmi les tombes du cimetière. Le lieu

prévu se trouve bien à l'écart ; complètement désert, il semble dangereux. Suivant toujours son ami, sans se faire voir, Arnaud se tient sur ses gardes.

Tout à coup, un groupe surgit devant le fils du marchand, composé d'une demi-douzaine de Navarrais. Surpris, Olivier pose la main sur la garde de son épée et Arnaud serre avec force le bâton noueux qu'il a emporté, plus familier pour lui que toute autre arme.

Mais les Navarrais se contentent d'avancer sans montrer aucune intention agressive. L'un d'entre eux a même un léger salut avant de demander :

— Vous êtes bien le fils de messire de Charonne ?

— Oui. J'ai rendez-vous avec Enguerran de Créville.

— Notre capitaine s'excuse, mais les troubles dans votre cité l'obligent à rester au côté de Sa Majesté le roi de Navarre.

— Ah... Et quand pourrai-je lui parler ?

Le Navarrais a un petit rire avant de répondre :

— Soyez sans inquiétude, l'occasion se présentera bientôt. Et vous ne la manquerez pas, puisque, à partir de maintenant, nous ne nous quittons plus. Vous êtes notre prisonnier.

À ces mots, ses compagnons dégainent leurs armes avec un bel ensemble.

Arnaud a tout entendu. Cette fois encore, c'est une réaction instinctive qui le fait bondir en avant en hurlant :

— Sauve-toi.

En même temps, son bâton frappe avec violence. Deux Navarrais, surpris, s'écroulent, mais les autres se défendent. Par bonheur, Olivier aussi a réagi ; il tire son épée, réussit à faire reculer son adversaire le plus proche en un seul assaut, puis déguerpit à toutes jambes en même temps qu'Arnaud.

Derrière eux, les Navarrais suivent, furieux de voir leur proie leur échapper. Par bonheur, les jeunes gens sont lestes, ils gagnent du terrain, prennent le large... Il leur faut pourtant un bon moment avant de fausser compagnie à leurs poursuivants.

Ils s'arrêtent alors dans une rue sombre pour reprendre leur respiration.

— Ça me rappelle mon arrivée à Paris, souffle Arnaud. On a couru ensemble ce jour-là aussi.

— Avec Basoche et ton oncle, approuve Olivier. En tout cas, merci.

— Je te devais bien ça...

Par des chemins détournés, les jeunes gens

se dirigent vers l'hôtel de Charonne ; mais à peine ont-ils franchi le Pont-au-Change menant à l'île de la Cité qu'ils aperçoivent des silhouettes furtives, qui s'évanouissent aussitôt. Autrement, les rues sont complètement désertes...

— On s'en va, propose Arnaud, alarmé.

Ils font marche arrière, mais il est trop tard, ils sont bien tombés dans un piège, et celui-ci se referme sur eux. Cette fois, le nombre des Navarrais dépasse la demi-douzaine. Les soldats les entourent, pointant leurs armes. L'officier qui les commande ricane, satisfait :

— On vous tient, et on ne vous lâche plus, messire Olivier. Quant à votre compagnon...

Il hésite une seconde avant de reprendre :

— Il va nous suivre, lui aussi ; le capitaine décidera de son sort. Ne serait-il pas cet Arnaud dont il nous a demandé de nous occuper ?

16. Les bois de Saint-Cloud

En un instant, Arnaud et Olivier sont saisis par des mains rudes. Un double bandeau leur serre la bouche et recouvre leurs yeux. Leurs mains sont liées derrière le dos.

Les Navarrais les tirent par les bras et les entraînent le long des rues désertes. Rasant les façades, ils arrivent après une course rapide jusqu'à une maison qui sert d'abri aux mercenaires. Là, les prisonniers sont jetés à terre sans ménagement dans un réduit qui prolonge la pièce formant le rez-de-chaussée.

— Tenez-vous tranquilles !

Arnaud et Olivier ne bougent pas. Ils ne peuvent qu'attendre la suite des événements, prêtant l'oreille à ce qui se passe autour d'eux.

Il semble que les Navarrais se rafraîchissent, contents du résultat final de leur opération. Ils avaient eu peur un moment, voyant leur proie leur échapper.

— On passe la nuit ici, annonce l'officier. Il nous faut quitter Paris avant l'aube.

Le silence se fait peu à peu, les mercenaires s'endorment ; les deux amis tentent en vain de tirer sur leurs liens afin de se libérer : les cordes sont solides. Ils ne peuvent que s'assoupir, eux aussi, en dépit de leur ventre qui crie famine.

La nuit est courte, un coup de pied dans les côtes les éveille.

— On s'en va.

À nouveau, Arnaud et Olivier sont entraînés dans les rues ; les mercenaires les entourent. Quelques bruits confus frappent leurs oreilles, un grincement de charrette, une bribe de phrase, mais aucun des rares passants ne songe à s'inquiéter de cette troupe qui le croise...

Les portes étant encore fermées, compte tenu de l'heure matinale, la sortie de Paris s'effectue par une simple trouée camouflée sous la muraille d'enceinte. Ensuite c'est la campagne, qui se devine par un air plus frais, un chant d'oiseau, une terre molle sous le pied. Arnaud et Olivier se laissent conduire.

Cette fois, le chemin est plus long, jusqu'à l'arrivée dans un campement, anglais semble-t-il, à en juger par la langue qui s'y parle. Quelqu'un s'exclame avec un fort accent :

— Oh, vous voilà enfin !

— Le capitaine de Créville est-il arrivé ? interroge l'officier navarrais.

— *No !* Il ne vient pas tout de suite, il accompagne le roi de Navarre ce matin.

— Pour quoi faire ?

Des rires se font entendre avant la réponse :

— Les Parisiens ont décidé de nous chasser non seulement de Paris, mais aussi des alentours. Nous attendons leur sortie ; ils vont avoir une bonne surprise, ça leur servira de leçon.

Cette fois, Arnaud et Olivier sont enfermés dans une cabane attenante à une ferme à moitié détruite. On ôte leurs bâillons, on libère un instant leurs bras afin qu'ils puissent avaler une maigre soupe. En revanche, leurs pieds restent attachés.

Celui qui les sert est un paysan en guenilles, le visage épais, au service des mercenaires anglais, visiblement de mèche avec les Navarrais.

— Nous sommes dans de sales draps, constate Olivier.

Arnaud approuve...

Bientôt le camp se vide, le silence s'établit brusquement. Les jeunes discutent à voix basse, essayant de comprendre les mots entendus tout à l'heure : les Parisiens sont attendus, une surprise leur est réservée. Visiblement, une bataille s'annonce.

— Mais enfin, dit Arnaud, le roi de Navarre est au courant, d'après ce qu'on peut comprendre. Il se proclame allié avec Étienne Marcel, à quel jeu joue-t-il donc ?

— Avec un traître comme le Mauvais, on doit s'attendre à tout, réplique Olivier.

Le temps passe, de longues heures. Au moment d'un nouveau repas, le fils du marchand a une idée soudaine. Lorsque leur paysan dépose près d'eux du pain et de l'eau, il lui propose de l'argent à voix basse :

— Il te suffit de détacher mes liens...

Le paysan fuit, apeuré, sans répondre.

— Dommage, soupire Arnaud.

Et puis, les soldats reviennent, réjouis, criant victoire, Anglais et Navarrais mêlés. Cachés dans les bois de Saint-Cloud, ils sont tombés sur une colonne de Parisiens partis à leur recherche, mais mal organisés comme toujours. Ils en ont massacré quelques centaines.

Le pire, c'est que le même drame recommence de lendemain... L'officier navarrais qui a capturé les deux jeunes vient les narguer :

— Ne vous tourmentez pas, messire de Charonne, vous allez bientôt rencontrer notre capitaine. Il vous recevra même à Paris. Dame, vous n'êtes pas au courant, mais je peux vous donner quelques précisions : les Parisiens sont en pleine déconfiture, ils abandonnent leur prévôt en masse, écœurés d'avoir été par deux fois écrasés. Étienne Marcel n'a plus qu'une ressource : livrer Paris à notre roi de Navarre. Cela va se faire d'ici peu. Une bonne farce, non ?

Sans laisser à ses prisonniers le loisir de lui répondre, l'officier s'en va d'un pas guilleret.

— Et dire que nous sommes impuissants, soupirent les jeunes gens, pleins de colère.

Ils évoquent Isabeau, la famille de Charonne et Jean l'Étiré, qui doivent sérieusement s'inquiéter de leur absence prolongée...

Une nouvelle journée passe. Elle apporte pourtant un élément nouveau : lorsque leur geôlier les détache, l'un après l'autre, pour leur permettre de manger, Olivier fait une nouvelle tentative. Il tire de sa poche quelques pièces d'argent. Cette fois, l'homme ne peut réprimer un tressaillement, une lueur de cupidité passe dans son regard.

Il s'éloigne rapidement, sans parler.

— Décidément, il ne veut rien comprendre, murmure Olivier. Il a trop peur.

— Pourtant, il ne nous a pas dénoncés, répond Arnaud. C'est peut-être un signe ? Patientons.

Dehors, veille une sentinelle, décontractée : les prisonniers ne sont-ils pas attachés ? Que craindre alors ?

Vient la nuit. Les deux amis n'y comptaient plus, voilà que le geôlier surgit près d'eux, marchant sur la pointe des orteils, le doigt sur les lèvres.

Il murmure : « Silence », avant de se pencher vers Olivier. Sa voix siffle :

— Je coupe la corde, donne l'argent, attention à ta gorge.

Sa main tient un couteau. Oui, l'homme a peur, mais il a trop envie de posséder ces pièces un instant entrevues, une fortune pour lui.

Enfin, Olivier est libre, le paysan s'enfuit avec son trésor. Bientôt, Arnaud est aussi débarrassé de ses liens. C'est lui qui récupère le poignard abandonné par l'homme. Dehors leur gardien dort, comme tous les Navarrais ; ils n'ont même pas jugé bon de s'entourer de sentinelles tant leur victoire sur les Parisiens les a rendus confiants.

En un instant, les jeunes quittent la ferme, s'enfoncent dans les bois. Ils ne cherchent pas à s'orienter, juste à se sauver le plus loin possible.

17. Le prévôt des marchands

Suivi par quelques-uns de ses soldats, Enguerran de Créville marche vers la place de Grève. Lui et les siens sont en armes, mais aucun signe distinctif ne permet de les reconnaître comme navarrais.

Le capitaine est plutôt satisfait, même si les événements ne se déroulent pas exactement selon les prévisions : en effet, le roi de Navarre a dû quitter la tour de Nesle tant l'agitation des Parisiens gagnait en ampleur ; il est retourné à Saint-Denis. Mais Créville se dit que cette nuit même la cité lui sera livrée par Étienne Marcel. Et tant pis pour ceux à qui cela peut déplaire : les grandes compagnies écraseront la moindre révolte populaire, elles sont toutes dévouées au Mauvais.

Oui, le capitaine se réjouit en regardant les groupes de bourgeois qui gesticulent dans les rues et s'en prennent au prévôt, hier encore aimé de tous. Ces gens-là ne se doutent pas que bientôt les Navarrais seront leurs maîtres, en attendant l'arrivée du roi d'Angleterre à qui on donnera Paris contre de l'or et de bonnes terres françaises. Enguerran de Créville touchera sa part du marché.

En attendant, il est chargé de surveiller le prévôt, ce naïf, qui ne se doute de rien, toujours prêt à faire confiance au roi de Navarre, en dépit des multiples trahisons de ce dernier.

***

Arnaud et Olivier rejoignent Paris en passant la porte Saint-Honoré sous l'œil vigilant des gardes bourgeois qui contrôlent les entrées.

— Rentrons vite à l'hôtel, dit Olivier. Mon père ne sait peut-être pas ce que l'officier navarrais nous a annoncé : Paris livré. Tu te rends compte !

— Crois-tu que les Navarrais ne surveillent plus votre maison ?

— On verra sur place.

— Tout de même, reprend Arnaud, tu viens

d'avoir une nouvelle preuve qu'on ne peut accorder la moindre confiance à Créville, assassin, traître, homme sans scrupules.

— Mon père veut pourtant s'entendre avec lui. Tu connais la raison qui le force à le faire...

Arnaud ne répond pas. Tout en marchant, les jeunes gens se rendent compte de la fièvre qui agite les gens autour d'eux. Ils prêtent attention aux paroles échangées, aux cris... Alors, l'étonnement les saisit : tout le monde a l'air au courant de la décision d'Étienne Marcel concernant Paris ! Chacun s'en indigne d'ailleurs.

— Je n'y comprends rien, murmure Olivier.

Mais ni lui ni son compagnon n'ont le temps de s'interroger. Au détour d'une rue surgit devant eux la longue silhouette maigre de Jean l'Étiré, qui lève les bras au ciel, le visage bouleversé :

— Vous, enfin ! s'exclame le moine. On vous cherche partout ! Je savais bien que c'est moi qui vous retrouverais. Tout le monde gémit, pleure, se désole. Et Isabeau ! Elle n'a pas honte de s'inquiéter pour Olivier autant que pour toi, Arnaud, je ne devrais pas le dire...

Une douce émotion s'empare du fils du

marchand en entendant ces paroles. Arnaud, lui, ne peut s'empêcher de rire :

— C'est bon, Jean, calme-toi à présent, nous voici sains et saufs.

Mais le moine secoue la tête :

— Attends, je n'ai pas tout dit. Tout à l'heure, tandis que je fouillais sans relâche chaque parcelle de cette ville... qui est bien grande, en vérité, voilà que tout à coup j'entends une voix connue, reconnaissable pour moi entre mille : celle du balafré qui nous a si mal accueillis lorsque nous sommes arrivés à Paris.

— Quoi !

— Eh oui ! L'homme était en train de haranguer un groupe de bourgeois. Il leur disait qu'Étienne Marcel était un traître, le roi de Navarre un danger public, et que le seul salut consistait à s'en remettre à monseigneur le Régent, le fils légitime du bon roi Jean.

— Vous voyez, interrompt Olivier, c'est bien ce que j'avais toujours pensé : notre balafré est un espion du Régent.

Jean l'Étiré fait signe qu'il n'a pas terminé de parler. Il reprend, d'une voix plus sourde :

— Après son discours, les gens sont partis, ils semblaient d'accord avec lui. Moi, je n'ai pas bougé, caché derrière un pilier, attendant qu'il s'éloigne pour m'en aller. Mais il ne bougeait pas ; deux hommes l'ont rejoint. Alors, il leur a dit qu'il avait besoin d'eux, que les fortifications de Paris seraient livrées cette nuit même aux mercenaires du roi de Navarre.

— Nous le savons.

— Attendez ! Il a ajouté que pour éviter cette catastrophe, il fallait assassiner Étienne Marcel sans tarder.

— Quoi !

Les deux jeunes gens se regardent, étourdis par la nouvelle.

— Es-tu sûr de ce que tu racontes ? interroge Arnaud.

— Le ciel m'en est témoin, oui ! Sûr et certain !

Olivier se redresse, l'air décidé :

— Je dois le prévenir, dit-il. Je ne sais si Étienne Marcel est un traître ou bien s'il se trompe, mais mon père l'a suivi longtemps. Il a fait de grandes choses et il voulait plus de liberté pour les Parisiens, je ne peux l'oublier...

Arnaud approuve. Il se souvient lui aussi qu'à un moment donné le prévôt a essayé d'aider les Jacques.

— Je t'accompagne, dit-il.

Jean l'Étiré se récrie, proclamant que se mêler des affaires d'autrui vous attire des ennuis à coup sûr. Ne pouvant convaincre ni l'un ni l'autre, il déclare qu'il retourne à l'hôtel de Charonne pour y annoncer le retour heureux des jeunes gens, retrouvés grâce à sa grande perspicacité.

Arnaud et Olivier, eux, se hâtent vers la place de Grève. Malgré l'heure avancée, les rues sont animées. Nombre de Parisiens discutent entre eux devant les boutiques ouvertes.

La maison des Piliers est fortement gardée. On n'y laisse entrer personne. Cependant Olivier apprend qu'Étienne Marcel vient de la quitter, entouré des archers de sa garde personnelle, pour faire le tour des portes fortifiées de la ville.

Les deux amis décident de le rejoindre, un mauvais pressentiment les habite. La porte la plus proche est celle de Saint-Denis. Là aussi règne une grande agitation ; les gens du quartier rassemblés racontent que le responsable de la bastide * a refusé de remettre les clefs de la porte à un responsable du roi de Navarre, comme le lui demandait le prévôt ; le ton est

* Petite fortification.

monté, les insultes ont remplacé les simples paroles.

— Tu vois, souffle Arnaud à son compagnon : le projet de livrer Paris n'est pas une invention.

— Ensuite, disent les témoins, Étienne Marcel est reparti vers la porte Saint-Antoine pour continuer son inspection.

— Allons-y.

Le prévôt se trouve bien à la porte Saint-Antoine. Une foule houleuse l'entoure. Arnaud et Olivier tentent de s'en approcher, ce qui n'est pas une mince affaire, tant les gens sont serrés, agglutinés...

Soudain, Arnaud tressaille : à trois pas de lui, il vient de reconnaître Enguerran de Créville, qui essaie, lui aussi, de rejoindre le prévôt des marchands. Instinctivement, sa main se porte sur la garde de son poignard. Mais voilà que, juste à ce moment, Olivier lui demande d'une voix angoissée :

— Aide-moi, je n'arrive pas à passer, et j'ai peur qu'un malheur ne se prépare ici.

Arnaud respire fort, ses lèvres se serrent, ses poings se crispent. Doit-il tuer un homme ou essayer d'en sauver un autre ?

Les mots ont du mal à sortir de sa bouche :

— J'arrive, répond-il à son compagnon.

Il est déjà trop tard. Autour d'Étienne Marcel, les cris redoublent d'intensité, ce sont des reproches violents de trahison. On entend vaguement la voix du prévôt qui réagit, riposte, déclare qu'il a toujours agi pour le bien des Parisiens menacés par le Régent.

Oui, il est déjà trop tard, des armes se lèvent, les archers de la garde ne peuvent rien faire, ils sont trop dispersés. Un proche d'Étienne Marcel tombe sous les coups de poignard, puis le prévôt lui-même est touché. Il s'affaisse sur le sol, de tout son long, le sang coule de sa poitrine...

Les remous de la foule repoussent Arnaud et Olivier. Ils se dégagent, tandis que des cris de joie éclatent autour d'eux. Horrifiés, ils voient un corps sans vie traîné dans la rue ; des hommes hurlent qu'il faut jeter le cadavre dans la Seine...

Enguerran de Créville a disparu.

18. Drame

Enguerran de Créville rejoint Saint-Denis en hâte afin d'annoncer à son maître la mort du prévôt. Le roi de Navarre rage. Bientôt des espions apportent des nouvelles complémentaires. Il en ressort que Paris ne sera pas livré, et que partout s'installent les partisans du Régent, maintenant soutenus par la majorité de la population.

Le Mauvais doit s'avouer vaincu. Il n'en renonce pas pour autant à ses ambitions ; il possède des troupes, il va continuer à se battre, retrouver ses vrais alliés, les Anglais. En attendant, il lui faut prendre le large :

— Nous quitterons Saint-Denis à l'aube, décide-t-il.

C'est à ce moment que l'officier navarrais chargé d'arrêter Olivier de Charonne annonce à son capitaine que son prisonnier s'est évadé, ainsi que son camarade.

Enguerran de Créville en éprouve une vive contrariété, la colère le prend : le marchand l'a fait ouvertement attaquer, son fils montre du courage, ils deviennent décidément dangereux ! Autant régler cette affaire tout de suite, ne pas la laisser traîner. Il en a le temps avant l'aube...

***

Olivier et Arnaud sont accueillis à bras ouverts à l'hôtel ; dame Marguerite et Isabeau pleurent sans honte de douces larmes. Quant au marchand, il ressent beaucoup de tristesse en apprenant la fin tragique d'Étienne Marcel ; lui aussi ne veut se souvenir que du côté positif de l'homme, de son travail en faveur de la ville, de son désir de justice et d'égalité.

Malgré l'heure tardive, Charonne prend contact avec des amis sûrs et bien placés. Il en conclut que pour l'instant aucune menace ne pèse sur lui, en dépit de son amitié ancienne avec feu le prévôt ; les fidèles du Régent se contentent d'organiser la résistance dans la ville, en cas d'une quelconque attaque ; les arrestations ne viendront que plus tard.

— Demain, nous partirons, décide le marchand. Il faut quitter Paris pour un temps... Allons nous reposer à présent, dormir un peu. Qui sait ce qui nous attend ?

Le marchand ne pense pas si bien dire.

Les lumières se sont à peine éteintes dans la maison que des hommes paraissent en nombre devant l'hôtel des Charonne. Ils s'installent silencieusement en face de chaque ouverture, aux portes comme aux fenêtres étroites. Certains tiennent des béliers de bois dur, d'autres s'apprêtent à allumer des torches. Tous sont armés.

Un ordre jaillit, les assaillants s'élancent à l'assaut.

Dans la chambrette qu'il occupe sous les combles de l'hôtel, Arnaud, tout juste endormi, est réveillé en sursaut par un violent tapage. Il se lève d'un bond, attrape son épée et se rue dans les escaliers.

Là, il réalise que des inconnus ont pénétré en force dans la vaste demeure. Leurs torches zèbrent l'obscurité en différents endroits, où l'on se bat, et où des cris se font entendre. Les serviteurs tentent de se défendre, Olivier vient d'arriver à la rescousse...

Avant qu'il n'ait pu rejoindre le rez-de-chaussée, Arnaud voit se dresser devant lui deux soldats menaçants.

— Pas la peine d'aller plus loin ! lance le premier.

Les soldats bondissent vers lui. Par bonheur, ils ont les marches à monter et se trouvent donc en contrebas. L'épée d'Arnaud écarte avec force les lames pointées vers sa poitrine. Son bras plonge. Un soldat gémit, glisse en arrière, accrochant son compagnon d'un geste instinctif afin de se retenir. Arnaud en profite, retrouve ses réactions paysannes : un coup de talon nu frappe le deuxième assaillant en pleine face.

Chute générale, la voie est dégagée. Le garçon se précipite rejoindre Olivier et les grisons...

Soudain, un appel au secours se fait entendre. Et Isabeau paraît, en chemise de nuit. Elle se débat, lance des ruades rageuses à destination de celui qui la traîne sans douceur, et qui n'est autre qu'Enguerran de Créville !

Le Navarrais crie aux siens :

— Attrapez-en encore un ou deux ! On va leur apprendre ce qu'il en coûte de m'attaquer !

Arnaud voit sa sœur en danger, et Olivier aussi. En un instant, ils se débarrassent des Navarrais qui leur font face pour se jeter furieusement contre le capitaine.

C'est Arnaud qui le charge le premier, l'obligeant à lâcher Isabeau. Olivier saisit le bras de la jeune fille, la tire à l'écart afin de la mettre à l'abri. Au moment où il va rejoindre son ami pour combattre le Navarrais, un cri jaillit, impérieux, poussé par messire de Charonne :

— Olivier ! Empêche Arnaud de tuer Créville. Pense à ton oncle !

Olivier tressaille. Arnaud et le Navarrais sont face à face et le garçon attaque sans relâche, emporté à la fois par sa haine de l'assassin et par l'effroi qu'il a ressenti en voyant sa sœur menacée.

Créville a besoin de toute sa science pour éviter les assauts impétueux de son adversaire. Et voilà qu'il fait un mouvement maladroit, heurtant son coude contre le mur. La faille est là ! Arnaud va frapper, mais Olivier le bouscule pour obéir à son père !

Enguerran en profite ; il plonge son épée dans la poitrine sans défense de son adversaire ! En un sursaut, Arnaud en fait autant ! Les deux hommes tombent en même temps...

L'instant qui suit est empli de désordre et de tumulte. Les Navarrais ont vu leur capitaine à terre. « Il est mort ! » crient-ils, et ils refluent vers les issues en toute hâte, soutenant leurs camarades blessés. Ils fuient, disparaissent dans la rue sombre.

Isabeau s'est élancée vers son frère, elle se jette à genoux, prend sa tête dans ses bras, se lamente et l'appelle, lui demande de lui répondre. Olivier demeure comme pétrifié, regardant son ami gisant au sol.

La jeune fille se tourne vers lui, douloureuse :

— J'ai tout vu, lance-t-elle, c'est de votre faute si mon frère a été frappé. Ne m'adressez plus jamais la parole !

Le fils du marchand cherche des mots pour se justifier ; il n'a pas voulu ce qui est arrivé, il a juste obéi d'instinct au cri de son père...

Des grisons installent le blessé dans une chambre ; Isabeau les a accompagnés, soutenue par dame Marguerite. Charonne reste effondré sur un fauteuil, bouleversé, malheureux : Arnaud a été touché par sa faute, et Enguerran de Créville est mort, sans avoir livré le secret des pierres précieuses qu'il a volées.

Et voilà que surgit l'Étiré, brandissant un

gourdin, provoquant les ennemis. Il semble désolé de leur disparition, mais son visage s'affole en apprenant le malheur arrivé à son neveu...

Basoche attend dans le vestibule l'arrivée du médecin que le marchand a envoyé chercher. Outre Arnaud, deux serviteurs ont été mis à mal par les assaillants.

Près de la porte d'entrée sont entassés des débris provenant de la bataille, meubles cassés et armes abandonnées. Basoche reconnaît dans le tas la grosse ceinture enlevée au capitaine navarrais. Il la prend machinalement dans ses mains ; elle vaut la peine d'être regardée de près : faite de cuir ouvragé, doublée de peau, elle comporte une attache de fer pour l'épée et un fourreau de poignard.

« Tiens », murmure Basoche à part soi.

Il vient de remarquer un renflement sous le fourreau, une cache, astucieusement cousue, presque invisible. Il n'hésite pas à la percer d'un coup de lame... Et s'étrangle de saisissement en apercevant trois rubis de taille imposante, les trois rubis du frère de son maître...

Le jour se lève. Basoche hurle !

***

Deux lourds chariots vont à travers la campagne, aux roues cerclées de fer, six chevaux tirent chaque véhicule. Le premier est occupé par dame Marguerite et par Isabeau, assise à même le plancher au chevet d'Arnaud, la poitrine bandée. Pleine de compassion, la jeune fille lui essuie le visage avec un linge lorsqu'il pousse un gémissement provoqué par un cahot plus fort que les autres. Mais l'essentiel, c'est qu'avant leur départ le médecin ait dit qu'Arnaud était sauvé.

Le deuxième chariot est empli des objets les plus précieux que contenait l'hôtel de Charonne, emportés à la hâte...

Des cavaliers entourent les voitures : le marchand, Jean l'Étiré, Basoche, et des serviteurs en armes. Olivier manque : dès la miraculeuse découverte des joyaux, il est parti pour Bordeaux afin d'obtenir, grâce à eux, la libération de son oncle. Avant de sauter à cheval, il a juste pris le temps de déclarer à Isabeau qu'il l'aimait de toute son âme, et qu'il l'aimerait jusqu'à la fin de sa vie. Il n'a pas attendu sa réponse, et a fui...

Messire de Charonne se sent heureux. Qu'Arnaud guérisse, et rien ne manquera à son bonheur. Dire qu'il a cherché si longtemps Enguerran de Créville, et dire que le Navarrais conservait les rubis sur lui, une assurance contre les incertitudes de sa vie aventureuse. Pourvu qu'Olivier puisse accomplir sa mission !

Le reste ne compte pas, même si l'hôtel de Charonne a été mis à sac par les partisans du Régent. Il était vide, ses habitants cachés chez des amis où ils sont restés une bonne semaine.

L'agitation s'est plus ou moins calmée à Paris, le Régent y est entré deux jours après l'assassinat d'Étienne Marcel, et il a été triomphalement accueilli. Le balafré a pris place dans sa suite : un prince a toujours besoin d'hommes de main prêts à toutes les besognes.

Aujourd'hui les routes sont moins surveillées, le marchand et les siens se dirigent vers la Normandie ; ils vont s'y installer dans une maison appartenant à la famille, en attendant que la situation s'apaise complètement...

Jean l'Étiré chemine, quelque peu rassuré. L'avenir lui apparaît sous de meilleurs auspices que les semaines passées. Pour Arnaud, il a confiance. Sa nièce seule lui cause quelques soucis. Visiblement elle aime Olivier autant qu'Olivier l'aime. Le moine se demande s'il lui faut croire ce qu'il a entendu un jour, que l'amour était chose trop précieuse pour être éprouvé par une simple paysanne.

Non, ceux qui disent cela se trompent. Soit, Isabeau est présentement fâchée avec son amoureux, mais cela passera. Quant au reste, sa nièce mérite d'être heureuse tout autant qu'une princesse. Et qu'on ne lui dise pas le contraire, non mais !

Pour en savoir plus

Ce roman raconte les aventures imaginaires d'Arnaud, de sa famille, de ses amis et ennemis. Il se situe au Moyen Âge, presque au début de la guerre de Cent Ans, qui en réalité en dura cent seize. Cette période est riche en événements : la révolte paysanne appelée la Jacquerie, les affrontements entre le Régent et Étienne Marcel, prévôt des marchands de Paris, les intrigues du roi de Navarre, dit le Mauvais, prétendant lui aussi au trône de France.

Les débuts de la guerre de Cent Ans

La raison principale de cette guerre fut l'ambition d'Édouard III, roi d'Angleterre, à devenir roi de France en 1328, après la mort du roi Charles IV. Il pouvait prétendre à ce titre, mais la couronne lui fut refusée par une assemblée de notables en vertu d'une ancienne coutume (la loi salique) qui voulait qu'un roi de France soit le descendant par les mâles de la dynastie des Capétiens (descendants d'Hugues Capet). Or Édouard III n'était que le fils et le petit-fils de princesses capétiennes.

Édouard III n'accepta le nouveau roi désigné, Philippe VI, qu'après trois ans d'hésitation ; six ans plus tard, en 1337, il réclama à nouveau la couronne de France, et la guerre franco-anglaise commença. Une guerre au rythme lent, marquée par de longues trêves : au total, cinquante-cinq années de guerre pour soixante et une années de paix fragile.

C'est justement durant ces temps de trêve que s'exerçait surtout la malfaisance des grandes compagnies, mercenaires de différentes nationalités au service des Anglais, ou soldats du roi de Navarre, se livrant au brigandage pour leur propre compte.

La guerre de Cent Ans débuta très mal pour la France, par la destruction de sa flotte maritime, puis par le débarquement des Anglais sur les côtes de la Manche. Édouard III remporta une grande victoire à Crécy (1346), s'empara de Calais (1347). À Poitiers (1356), l'armée française, deux fois plus nombreuse que celle de l'ennemi, fut à nouveau vaincue.

Le roi Jean II le Bon, successeur de Philippe VI, fut fait prisonnier.

Ce désastre eut pour résultat la signature du traité de Brétigny (1360), livrant aux Anglais le Poitou, la Saintonge, le Limousin et le Périgord, provinces qui s'ajoutaient à leurs possessions antérieures en Guyenne (Bordeaux).

Le dauphin Charles assura la régence durant la captivité de son père et fut couronné roi à sa mort (1364), sous le nom de Charles V.

La Jacquerie

Depuis longtemps déjà dans de nombreuses villes et bourgs du royaume de France, les bourgeois s'étaient unis pour limiter l'arbitraire des seigneurs qui fixaient, à leur guise, les impôts, les corvées, les amendes... De gré ou de force, des accords s'étaient réalisés, allant même jusqu'à donner à certaines cités des « municipalités » dotées de pouvoirs réels. Mais les rois de France avaient réagi, considérant que limiter les droits des seigneurs était s'attaquer à leurs propres pouvoirs.

En 1358, ce sont aussi ces exemples de libertés acquises par les « communes » (dans les Flandres en particulier) qui inspirèrent un violent soulèvement des paysans. Celui-ci se propagea à partir de la région de Beauvais jusqu'au Nord et à l'Île-de-France. On l'appela : « la Jacquerie ».

La condition souvent misérable des paysans se dégradait encore en raison d'une nouvelle augmentation des impôts et des corvées pour payer les soldats et fortifier les châteaux en cette période de guerre. S'y ajoutait la terreur insupportable que faisaient régner partout les grandes compagnies étrangères.

La colère des paysans éclata d'un seul coup, des châteaux brûlèrent, les représentants de nombreux villages choisirent comme chef un ancien soldat, Guillaume Carle, originaire du village de Merlot. Ce dernier essaya d'organiser le mouvement, chercha des appuis, tant à Paris que dans d'autres villes, avec des fortunes diverses.

Mais les seigneurs du Nord et de Picardie, d'abord épouvantés, se rassemblèrent autour du roi de Navarre, dit le Mauvais. Guillaume Carle fut fait prisonnier par traîtrise et les gens d'armes écrasèrent une grande partie des révoltés sur le plateau de Mello, près de Clermont. Une féroce répression s'ensuivit, qui dura plusieurs semaines, faisant des morts par milliers.

Étienne Marcel, prévôt des marchands (1316-1358)

Riche commerçant en draperie, Étienne Marcel fut élu prévôt de Paris, sorte de maire aux pouvoirs étendus. Énergique et entreprenant, très populaire, il fit construire des fortifications nouvelles afin de défendre la capitale en cas d'éventuelles attaques des Anglais. Mais il est surtout connu par son action pour donner à la bourgeoisie parisienne plus de responsabilité dans la conduite des affaires du royaume. Les états généraux de 1355, puis la grande ordonnance de 1357 s'efforcèrent de limiter la puissance royale par le contrôle de ses décisions.

C'était plus que n'en put supporter le Régent ; il refusa les réformes. Après une démonstration révolutionnaire des Parisiens en armes qui envahirent son palais et tuèrent deux de ses proches conseillers, le Régent s'enfuit de la capitale. Il entreprit alors une lutte armée contre son prévôt.

Cette épreuve de force entre les deux hommes conduisit Étienne Marcel à renforcer son alliance avec le roi de Navarre en dépit des trahisons de ce dernier. Il fit même entrer des grandes compagnies de mercenaires anglais à Paris afin de le renforcer militairement.

Les Parisiens refusèrent cette politique, et le prévôt fut assassiné le 31 juillet 1358 par les partisans parisiens du Régent. Celui-ci revint dans la capitale, triomphalement accueilli.

Charles de Navarre, le Mauvais

Souverain d'un petit royaume espagnol, Charles de Navarre était le petit-fils du roi Louis X. À ce titre, il chercha, lui aussi, comme le roi d'Angleterre, à s'emparer du trône de France. Grand seigneur, cruel et de mauvaise foi, mais beau parleur et séduisant, il mena longtemps une politique tortueuse, s'alliant tour à tour avec Étienne Marcel, le Régent, les Anglais, trahissant tout le monde à plusieurs reprises. C'est lui qui mena la répression contre les paysans lors de la Grande Jacquerie.

***

Remarque

Comme on peut s'en douter, plusieurs événements évoqués dans ce roman historique sont véridiques, en particulier :

– le massacre des Parisiens à Meaux ;

– l'assaut des seigneurs commandés par le

Mauvais contre les paysans sur le plateau de
Mello ;

– la rencontre entre le Régent et le roi de
Navarre dans la plaine de la Brie, les troubles
à Paris ;

– la mort d'Étienne Marcel.

Table des matières

Bertrand Solet

L'auteur est né à Paris en 1933. Après avoir fait des études de cinéma, puis d'économie, il a été de longues années responsable d'un service de documentation économico-commercial. Il a également beaucoup voyagé.

Marié, père de famille et sept fois grand-père, Bertrand Solet a publié une cinquantaine d'ouvrages pour la jeunesse, des romans historiques en particulier, mais aussi des romans se déroulant à l'époque actuelle, et obtenu de nombreux prix.

Du même auteur, en Castor Poche :
La flûte tsigane, n° 40 ;
Diatorix et Marcus, n° 257 ;
Debout Cosaques, n° 270 ;
Deux espions à Fécamp, n° 384 ;
Le roi du Carnaval, n° 436 ;
Les révoltés de Saint-Domingue, n° 480 ;
Espion en Égypte, n° 536 ;
Le combat du berger, n° 549 ;
Dangers sur le fleuve Rouge, n° 620 ;
La révolte des Camisards, n° 799 ;
La croisade de la liberté, n° 860 ;
15 contes d'Afghanistan, n° 898 ;
La nuit la plus courte, n° 959 ;

Vivez au cœur de vos
passions

La vie en vrai

Passion cheval

Voyage au temps de...

Aventure

CASTOR POCHE

Histoires d'ailleurs

Contes, Légendes et Récits

Policier

Humour

Théâtre

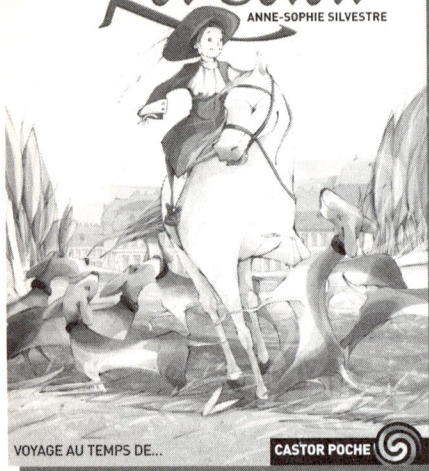

Course contre le Roi-Soleil
Anne-Sophie Silvestre

n°1012

Au château de Versailles, Monsieur Le Brun est prêt à dévoiler son nouveau chef-d'œuvre, le bassin d'Apollon. Toute la cour est là... sauf le Roi-Soleil, qui est introuvable! Philibert, le fils de l'artiste, décide de tout faire pour retrouver Louis XIV, tant que le soleil éclaire le bassin. Mais il faut faire vite! Philibert se lance dans une course contre le soleil!

Les années COLLÈGE

avec **CASTOR POCHE**

UN VILLAGE
SOUS
L'OCCUPATION

BERTRAND SOLET

VOYAGE AU TEMPS DE...   CASTOR POCHE

Un village sous l'Occupation...   n°1003
Bertrand Solet

Depuis sa défaite militaire en 1939, la France est occupée par l'armée allemande. Le village de Saint-Robert apprend à vivre avec l'occupant. Si la plupart des habitants ferment les yeux, certains veulent à tout prix les garder ouverts. Comme Pierre et Léa qui rêvent d'un monde différent. Ensemble, ils vont tout mettre en œuvre pour retrouver leur liberté...

Les années
COLLEGE

avec **CASTOR POCHE**

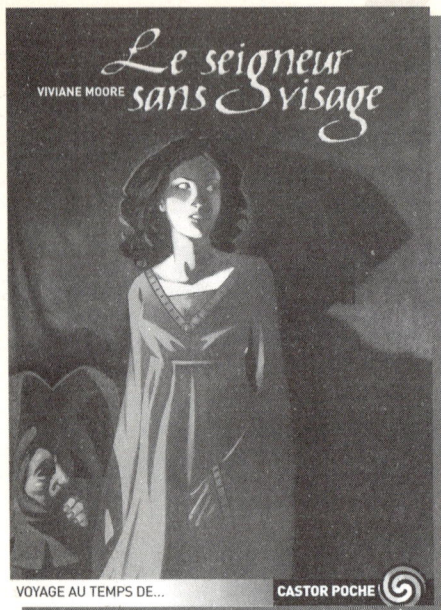

Le Seigneur sans visage
Viviane Moore

n°993

Le jeune Michel de Gallardon fait son apprentissage de chevalier au château de la Roche-Guyon. Une série de meurtres vient bientôt perturber la quiétude des lieux. La belle Morgane, semble en danger... Prêt à tout pour la protéger, Michel fait le serment de percer le secret du seigneur sans visage... Mais la vérité n'est pas toujours belle à voir...

Les années

COLLEGE

avec **CASTOR POCHE**

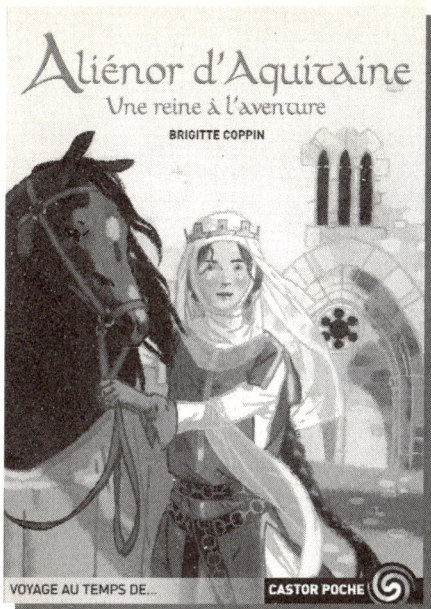

Aliénor d'Aquitaine
Brigitte Coppin

n°641

1137. Aliénor, âgée de 15 ans, quitte sa chère Aquitaine pour épouser le roi de France et devenir reine. Elle entre à Paris sous les cris de joie et les gerbes de fleurs, mais très vite, sa vie royale l'ennuie. Entre une belle-mère autoritaire et un mari trop timide, Aliénor ne parvient pas à assouvir ses rêves de pouvoir et sa soif d'aventures.

Les années
COLLEGE

avec **CASTOR POCHE**

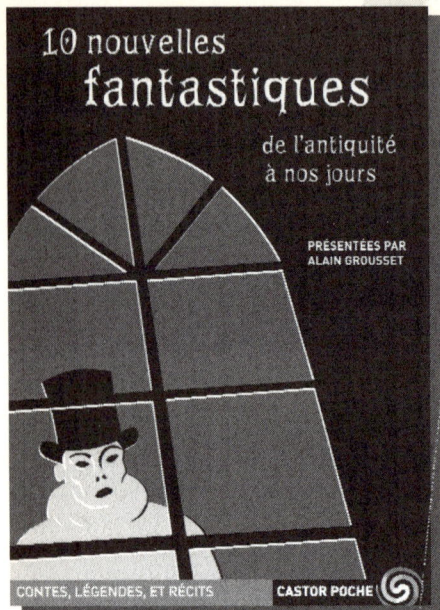

10 nouvelles fantastiques
De l'Antiquité à nos jours
Présentées par Alain Grousset

n°1013

De Pline le Jeune à Stephen King, en passant par Edgar Poe ou Guy de Maupassant, on retrouve ce même goût du frisson... Les hommes ont toujours aimé se raconter des histoires pour se faire peur.
Des histoires de fantômes, de diables, mais aussi de téléphones portables machiavéliques.
10 nouvelles pour trembler...

Les années **COLLEGE**

avec **CASTOR POCHE**

14 contes du Québec
Jean Muzi

n°1011

Au Québec, pays des Indiens et des bûcherons, on croise aussi des princesses ou des renards rusés. Qui a inventé le sirop d'érable ? Pourquoi la grenouille a-t-elle des pattes arrière aussi longues ? Le diable est-il vraiment le plus malin ? 14 contes pour apprendre à connaître ce pays et se rendre compte que, comme partout, la malice triomphe de la sottise...

Les années

COLLEGE

avec **CASTOR POCHE**

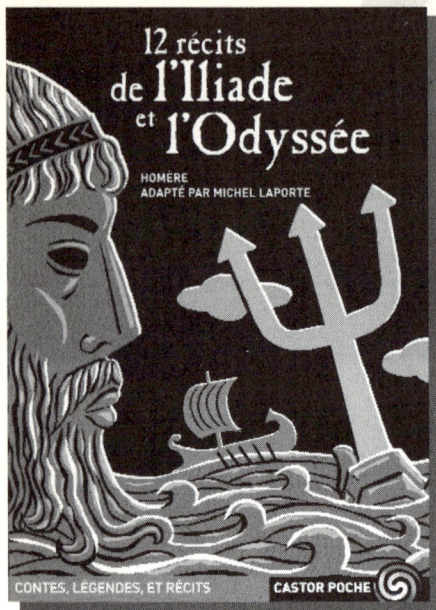

12 récits de l'Iliade et l'Odyssée
Homère
Adapté par Michel Laporte

n°982

Le récit des combats d'Achille et Hector durant la guerre de Troie est aussi passionnant à lire qu'il l'était à entendre dans l'Antiquité grecque. Et l'extraordinaire épopée d'Ulysse suscite la même fascination qu'il y a trois mille ans !
Il faut dire qu'il se passe toujours quelque chose avec ces personnages à la fois fragiles et forts : ils sont si humains !

Les années

COLLEGE

avec **CASTOR POCHE**

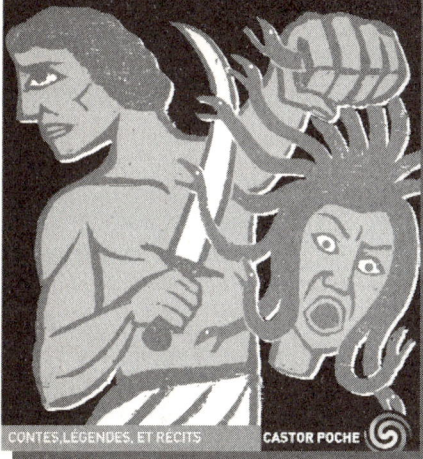

16 métamorphoses d'Ovide
Françoise Rachmuhl

nº943

En contant les métamorphoses des dieux et des hommes, Ovide nous entraîne aux côtés des divinités et des héros les plus célèbres de l'Antiquité. Jupiter critique les hommes, mais il aime les femmes, Narcisse adore son propre reflet, Persée enchaîne les exploits tandis que Pygmalion modèle une statue plus vraie que nature...

Les années
COLLEGE

avec **CASTOR POCHE**

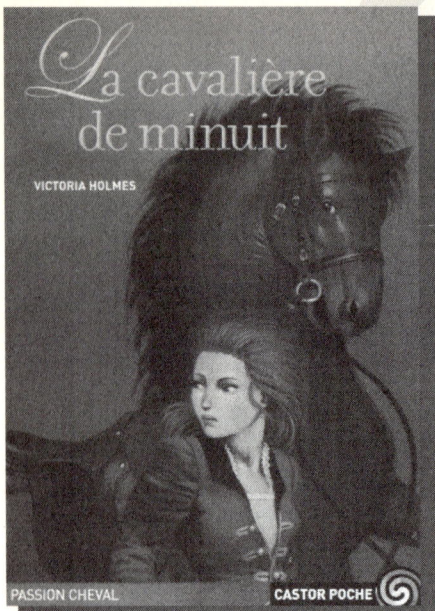

La Cavalière de minuit
Victoria Holmes

n°973

Helena a beau être la fille aînée de Lord Roseby et vivre dans un manoir, c'est une demoiselle qui n'a pas froid aux yeux! Sa grande passion, ce sont les chevauchées nocturnes avec Oriel, un superbe étalon. Quand elle apprend que des trafiquants sévissent sur la côte et menacent la sécurité de tous, elle décide de mener l'enquête... au galop!

Les années COLLEGE

avec **CASTOR POCHE**

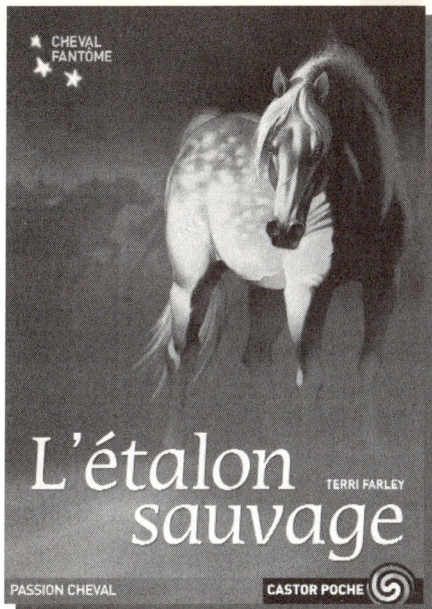

Dans la même série :
Cheval fantôme
Un mustang dans la nuit

Samantha revient chez elle
après deux ans d'absence,
suite à un grave accident de
cheval. Quelle joie de retrouver
le ranch du Nevada ! Mais un
être lui manque : Blackie, son
cheval, qu'elle avait su appri-
voiser... jusqu'à l'accident.
Depuis, nul ne l'a revu. Et soudain, un étalon d'argent surgit
de nulle part. Blackie est-il
revenu lui aussi ?

Les années
●●●●●●COLLEGE●●●

avec **CASTOR POCHE**

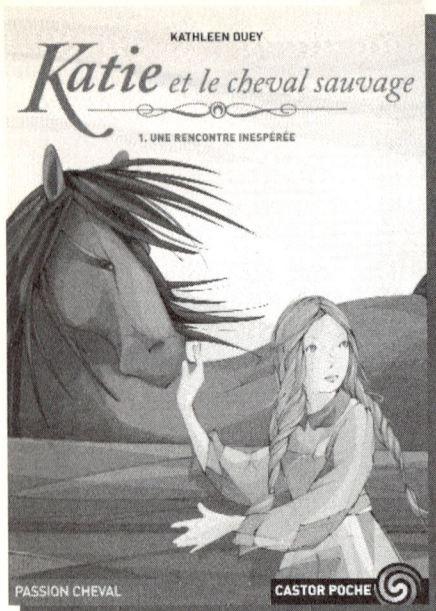

KATHLEEN DUEY

Katie et le cheval sauvage

1. UNE RENCONTRE INESPÉRÉE

PASSION CHEVAL

CASTOR POCHE

Katie et le cheval sauvage
1. Une rencontre inespérée
Kathleen Duey

n°1004

À la mort de ses parents, Katie a été recueillie par les Stevens. Elle consacre ses journées à les aider aux travaux de la ferme. Mais Katie souffre de sa solitude et rêve d'une autre vie… Un jour, M. Stevens revient avec un cheval sauvage. Katie est la seule à pouvoir l'approcher. De cette rencontre va naître l'espoir… Katie apprivoise son nouvel ami…

Les années
COLLEGE

avec **CASTOR POCHE**

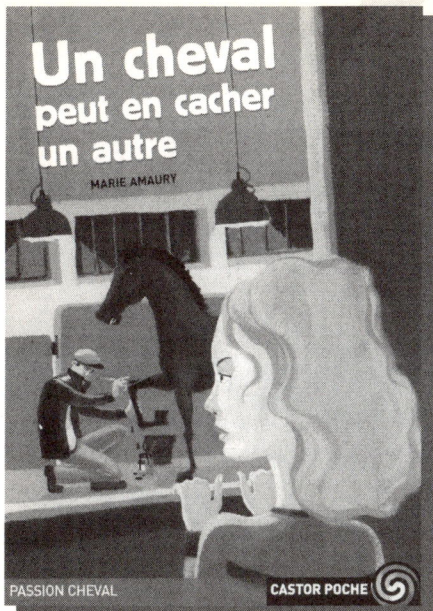

Un cheval peut en cacher un autre
Marie Amaury

n°974

Marine ne supporte pas Hughes, son "beau-père", et ce dernier le lui rend bien! Surtout lorsque la jeune fille détruit, par accident, le disque dur de son ordinateur. En guise de punition, Marine se voit contrainte de travailler 13 heures par semaine dans le haras que dirige Hughes. Marine découvre un nouvel univers plein de surprises...

Les années
COLLEGE

avec **CASTOR POCHE**

Les Princes du cerf-volant
Linda Sue Park

n°983

Deux frères ont une passion commune : le cerf-volant. L'un connaît tous les secrets de fabrication, l'autre manie les ficelles comme un véritable virtuose. Tous les jours, Ki-Sup et Young-Sup jouent et inventent mille figures avec leur tigre ailé. Un jour, un garçon les remarque et leur commande un cerf-volant. Mais ce jeune garçon n'est pas n'importe qui...

Les années
COLLEGE

avec CASTOR POCHE

Cet
ouvrage,
le mille vingt-et-unième
de la collection
CASTOR POCHE,
a été achevé d'imprimer
sur les presses de l'imprimerie
Maury Eurolivres
Manchecourt – France
en février 2006.

Dépôt légal : mars 2006.
N° d'édition : 3377. Imprimé en France.
ISBN : 2-08-16-3377-9
ISSN : 0763-4497
Loi n° 49-956 du 16 juillet 1949
sur les publications destinées à la jeunesse